於是，
我們
交換了
青春

曲家瑞

因為你們　青春閃閃發光

Selina 任家萱
「二手娃娃的完美第二春，就是嫁給了曲老師。」

王子 邱勝翊
「老師的筆觸，透露著對人事物敏銳的觀察力，期待成為她筆下的藝術。」

曲媽媽
「家瑞從小是兄弟姊妹中最調皮搗蛋、愛現、功課最差的，很會察言觀色，兩個小眼睛躲在門後偷看全家人的一舉一動，有客人來，絕對第一個跑出來打招呼。這本書記錄她從小到大因為玩具經歷的人事物，不論是小時候我跟爸爸送的，長大後自己挖寶來的，每一篇都有她深刻的體驗，每一個玩具都是家瑞的寶貝。別忘了，爸爸媽媽買給你的第一個玩具，是所有玩具中的老大！」

林宥嘉
「我覺得曲老師，是一個真正的藝術家。」

唐綺陽
「她是我見過最勇敢做自己的人，我非常佩服。」

郭書瑤
「曲老師是最懂得欣賞『不同』美好的人，透過這些收藏品背後的故事，看見了她的人生智慧。」

賈靜雯

「如果能夠～希望成為曲老師筆下那個青春人物。除了期待，還有什麼可說呢？」

歐陽妮妮

「自己的世界自己創造，你的世界由我們來想像。」

歐陽娜娜

「不怕自己和別人不一樣，你是獨一無二的曲老師。」

蔡康永

「藝術家的主要工作，是發揮想像力，開拓生活的邊界。書中這些故事，證明了曲家瑞正是充滿創意與活力的藝術家！」

聶永真

「我恨推薦。讀者太容易對好話感覺麻痺，他們不知道真實的崇拜是傷神的，我們不小心官腔點，語句就變便宜了。我愛死這些故事，以至於我討厭自己的文字只能是一些柔焦粉嫩的錦上添花。」

魏如萱

「我多想被她蒐集，當她的娃娃。」

序

我們就要交換青春

推開門，打開燈，他們一個一個待在位置上，當我的目光落在其中之一，彷彿開啟了某個開關，帶我重回記憶的現場……在那裡，我遇見了什麼人，發生了什麼事，做過什麼夢。

「他們」不是什麼人，他們是不會說話的娃娃。我不會為他們取名字，在這裡，他們可以成為他們想要的樣子。世界紛擾，唯有面對他們，我不帶任何偏見，也因為這樣，他們才會敞開心胸把自己全然交給我。

很多人來到我的工作室，看到滿坑滿谷的娃娃，總有一大堆問題，最常見的不外乎是：有沒有數過一共有多少個？地震一來娃娃不會掉滿地嗎？我會不會害怕？不擔心他們晚上起來開party嗎？萬一哪天妳走了這些娃娃怎麼辦？

這麼多年來，我收藏了數不清的娃娃，有些是我自己的，有些是別人送的，他們早就不只是玩具或擺設，對我來說更像是記錄回憶的有機體，他們留住了難忘的瞬間，也留住了一個人某時某刻的情緒和情感。

看到某些娃娃，我會想起家人、朋友，那些曾經一起歡笑、一起吵鬧的回憶。某些娃娃會讓我想起他們的主人，也許是在跳蚤市場喧鬧的街道，也許是在陌生的異地，即使不知道他們現在好不好，他們的故事已經收藏在娃娃的身體裡，彷彿紀念品一樣來到我的身邊。也有某些娃娃，代表了不同時期的我：卡關的曲家瑞、瘋狂的曲家瑞、挫折的曲家瑞、決定要繼續努力的曲家瑞……

會這樣持續收集娃娃，或許是源自一種珍惜的感情吧。珍惜曾經經歷的回憶，珍惜匆匆交錯的陌生人，珍惜每一個不那麼完美的自己。娃娃就像攝影，沖洗出一張張無可取代的回憶照片。

你曾經為了要見一個人，拚命奔跑也要趕上那班即將離站的列車嗎？你曾經為了要完成某件事，就算有80%的機率會失敗，也不惜往前衝嗎？你曾經不畏懼，和世界的不公平說 fuck you 嗎？對我來說，青春不是外在的年輕，而是一股衝勁、一股能量，如果青春是這樣的熱血沸騰與義無反顧，那麼我們就能永遠不老。

我想藉著這本書，將這些故事與大家分享。請想像我坐在櫃檯前，背後擺滿各種娃娃，你可以拿自己最心愛的一個來典當，或是從我這裡帶走一個故事。青春是記憶，是故事，是沒有結果的感情，是不能再重來的時光，是沒有條件地相信自己……我用我的青春，換了這些娃娃，再用這些娃娃，換到了一些陌生人的故事。

一個娃娃，是一個擦肩而過的人，也是一片散落的人生風景。現在，閉上眼睛，回想截至今天為止的人生畫面，如果要你想起一個娃娃，你會想起誰？你還記得你和這個娃娃的故事嗎？

數到三，現在，我們就要交換青春。

目次

CHAPTER 1：成長

CHAPTER 2：情感

CHAPTER 3：青春

CHAPTER 4：眼淚

CHAPTER 1：成長

1

戴著面具的男孩

泰迪熊

這麼多年來，我以為買到的是一隻可愛的泰迪熊，怎麼也沒想到竟然是……

泰迪熊是許多小孩童年時期必備的玩具，無論男生或女生，往往都會有一隻專屬於自己、無可取代的泰迪熊。這隻身穿蘇格蘭格子連身長褲，看起來文質彬彬、氣質優雅的泰迪熊，是我在歐洲的跳蚤市場買到的，他就像一個很有教養的英國小紳士，讓人一看就很喜歡。

有一次，有個學生來我的工作室，很自然地從眾多娃娃中抱起這隻穿著格子服的泰迪熊，我早就習慣來到工作室的人會自行欣賞把玩我的收藏，所以也沒有多加理會，只是自顧自地忙著。突然學生轉過頭來對我說：「曲老師，妳看！」他掀起泰迪熊的衣服，天啊！這隻泰迪熊居然不是熊！我伸手一摸，隱約可以感覺得到那是一個小孩子的臉，在熊的外表下，竟然是一個披著泰迪熊皮的小孩，他甚至穿著熊掌造型的鞋子，上面還有很尖銳的爪子，感覺極具攻擊性。

我猜泰迪熊身體裡住的可能是一個六、七歲的小男生，對小男孩而言，他一直沒有長大，這麼多年下來他都沒讓任何人發現，很可能是因為極度缺乏安全感，對外在世界有很多不確定，或者不想讓別人知道他的身分。小男孩把自己隱藏起來，而泰迪熊就是他的避風港。

擁有這個泰迪熊這麼多年，我才發現這個事實，其實覺得有些嚇人，但再仔細想想，一個人如果總是戴著面具，用偽裝或隱藏的方式面對世界，也只不過是為了保護自己。這個倔強的小男孩始終都沒讓人知道他的存在，直到當天才揭曉他藏身在泰迪熊外殼的事實，也許是時間到了，小男孩終於願意對我卸下心防，這麼一想，我非但不再害怕，反而心疼了起來。

不過小男孩似乎還不想全然地揭露自己，只願意讓我們知道他的存在。學生原本想看看能不能把泰迪熊裝整個拆下來，結果愈剝就愈覺得有一股抗拒的力量，可能是我們被嚇到，他也被嚇到了，所以我們決定停手，至今我沒有看過小男孩長什麼模樣。

大人的世界很殘酷，總會有一些令人想閃躲、不想面對、不想理會的陰影，小男孩可能看到了不想看見的什麼，為了自我保護，才會築起一道防護機制，躲到泰迪熊的身體裡。什麼時候他能夠以真實面目示人，甚至一輩子都不願意拿下面具，沒有人知道。只要時間到了，該被看到的，就會被看到，所以不需要苦苦追問，也不要想著去改變什麼。從小孩變成大人的過程中，難免會受傷，或許有時我們需要的只是像泰迪熊一樣安全溫暖的防護罩。

SENSATION

2

就愛我的古怪

小布娃娃

「天哪，她長得跟我妹好像！」第一眼在紐約某間書店看到這本攝影集時，我姊姊嚇了一跳。封面是一個長得很古怪的娃娃，有著超高額頭和大得不成比例的眼睛，跟大家想像中所謂的「漂亮」幾乎搭不上邊。

書中的女主角，就是小布娃娃，當時台灣應該還沒什麼人知道她。一九七二年，小布娃娃初上市，有別於市面上或甜美可愛或身材曼妙的洋娃娃，小布娃娃的大頭和大眼睛，一副酷酷的模樣，在當年很難受到家長或小孩的青睞，才上市短短一年，就被停產下架。

二十多年後，攝影師Gina Garan遇見了小布娃娃。Gina第一眼就深受小布吸引，她意識到彼此之間有著特別的連結，於是便帶著小布一起旅行，用一張又一張特立獨行且前衛的照片記錄小布和她的旅程。此舉不但意外讓小布娃娃在沉寂多年後重新復出，甚至在美、日各國掀起風潮，她的全盛時代也就此來臨。顛覆了大家對於美的理解，不同於小臉、高鼻子、細緻五官……那種約定俗成的「美」，光是大頭就佔了她全身超過三分之一的比例，而她既沒用劉海來遮蓋高得嚇人的額頭，也沒去開眼頭來縮短兩眼之間的距離，更別說削骨或打肉毒桿菌來讓臉變小變尖，只是呈現自己本來的樣子。

很多人都被她獨特的古怪所吸引，小布娃娃總是處在一種特別的情緒狀態，看起來孤單、寂寞、悲傷、憂鬱又惶恐，對很多事抱持懷疑，永遠充滿不確定。不論你是誰，每個人都可以在小布身上看到一部分的自己，那些愛上小布娃娃的人，其實是愛上了自己，愛上自己的不完美，也愛上自己的不確定。

我的第一個小布娃娃，是玩具達人小P按照我的樣子量身打造成專屬於曲家瑞的小布娃娃。一頭黑色長直髮，後腦勺有一條線，只要一拉，我的眼珠就會從藍色、橘色，變成粉紅色。身上是我喜愛的台灣時尚品牌竇張李的淡青色洋裝，套上及膝亮黃色長靴，娃娃的臉部和鼻子經過打磨讓皮膚透亮。小P是小布收藏家，她擁有幾十個小布娃娃，還會親手製作各式小布的周邊產品，當時一個小布的衣架賣得比真的衣架還要貴，卻仍然供不應求。

我曾經參加過小布娃娃的粉絲聚會，出席者眾多，除了上班族、小資女，也不乏大齡單身女，甚至有母女同行……妙的是每個人好像都把小布娃娃當成自己，為自己的小布打造獨一無二的形象。喜歡公主風的，手上的小布就穿著蕾絲洋裝；喜歡龐克搖滾路線的，身旁坐著的就是一身布滿金屬鉚釘、黑色皮衣皮褲勁裝的小布。小布彷彿主人的代言人，所以乖巧文靜的女生，如果偶爾也想造反一下，卻又沒有勇氣表達，就透過小布幫她壓抑許久的情緒找到出口，因此每個人在打扮自己的小布娃娃時，就是一種心情投射與自我療癒，讓她完成自己想過但未必能、未必敢做到的事。

對我來說，尋找專屬於自己娃娃的歷程，就是一個人追尋自我認同的過程。我喜歡小布娃娃，不僅是喜歡她多變的樣子，還有她的神秘氣質和隱隱流露的一股不協調的衝突感。不為自己的不完美感到自卑，反而可以接納那些古怪、搞笑的特質。

3

你可以決定你的樣子

變髮娃娃 Crissy

這就是她的Magic Moment。

「唰」的一聲，我大力扯住她的頭髮。屢試不爽，每次在場的人都忍不住「啊」的一陣驚呼。就這麼一秒的瞬間，短髮女子立刻搖身一變，她的頭髮不但長過腰際，有些甚至觸及腳踝。

第一次遇見Crissy，是在通化街的一家二手店，之後我在舊金山、洛杉磯、紐約等地又陸續找到幾個，現在一共有七個大小不一的娃娃在我的工作室，她們就像七姊妹一樣，總是待在一起。

變髮娃娃最早發行於一九六九年，有不同髮色、膚色和尺寸等多種版本可供選擇，不同版本的變髮娃娃有著不同的名字，共同特色是頭髮都能一秒變長。只要用力拉扯她們的頭髮，短髮造型就能變換成浪漫長髮，要是想再變回俏麗短髮，只要轉動娃娃身上的機關就可以。

初見變髮娃娃，我覺得她們就像一群世故的女孩，臉上帶著刻板笑容，雖然甜美，卻很有距離，而且我總覺得她們心裡好像一直在盤算著什麼，讓人覺得心機很重，城府很深。雖然她們的外表看起來沒什麼威脅性，但如果仔細觀察，恐怕並非如此，光是看她們變髮時的那股狠勁，就像在跟世界宣告：「老娘想要的，誰都阻止不了！」

在看似柔弱的外表下，她們有著更為堅定的意志，所以背地裡會耍小動作暗箭傷人，甚至是不擇手段地犧牲別人，只要能達到目標，對她們而言可能都是合理的。就像頭髮可以瞬間變長或變短，她們出手時也是快狠準，大膽爭取自己想要的、想做的。

這些變髮娃娃來我的工作室已經很多年了，每次調整或重新擺放娃娃的位置時，無論怎麼搬遷，她們都不願意拆夥，我可以感覺她們很缺乏安全感，總是要跟同伴聚在一起，她們也從來沒有去干擾或傷害其他的娃娃。這個世界本來就是什麼樣的人都有，所以我也把變髮娃娃和工作室裡其他的娃娃一樣看待，給她們一樣多的愛，有空時就幫她們梳梳頭髮，也會修理頭髮糾結的地方，好讓她們久久可以發一次狠地上演變髮秀。

我在台灣念國中時學校有髮禁，不希望你注意外型勝過成績，每個人都要一樣，就像工廠的標準化產品。等到去美國念書時，雖然也花了一些時間摸索自己的模樣，但我終於獲得打扮自己的自由。大學時我毅然剪了一頭超短髮，看起來比男生還帥氣。後來當我更成熟時，頭髮就自然留長了，當我想要看起來更俐落，就剪短髮。每個人都可以選擇自己的髮型，就像 Crissy 一樣，長髮短髮並沒有專屬的臉型，你可以決定任何你想要的樣子。

很多轉變是從微小的地方開始，當你決定了你想要的髮型，接下來你可能會決定你要穿的衣服和鞋子，甚至是你想做的事、你想去的地方、你的未來。Crissy 不像其他娃娃只有制式的髮型，她拋出髮型的決定權，你也可以決定你的任何模樣，喇，現在也許就是你的 Magic Moment⋯⋯

4

屬於自己的十五分鐘

十二生肖娃娃

有一天我發現自己收藏的二手娃娃居然可以湊足十二生肖，但是回想撿到這些生肖娃娃的時刻，往往和該年當值的生肖對不上，比如撿到豬寶寶的時候，往往早就過了豬年，等到牛年，就可能會撿到米老鼠（「鼠牛虎兔龍蛇馬羊猴雞狗豬」，為了怕你背不出十二生肖，我特地寫下來）。生肖娃娃似乎只有一、兩年的時效性，每次新的一年到來，前一年的生肖娃娃很可能就會被淘汰。就像現在我們對很多東西的喜好也很難持續太久，所以才有網紅大起大落的現象。

普普藝術的前鋒安迪沃荷（Andy Warhol）很早就預言過，未來每個人都有成名十五分鐘的機會。這句話放到今天來看，還是讓人不得不佩服他的先知遠見。安迪沃荷是一個有著獨特思考、永遠想著突破現狀、即使備受爭議仍然故我的創作者，他就像是一直在為自己即將到來的那「十五分鐘」做足準備，持續想著自己必須做些什麼、留下什麼、帶給別人什麼、啟發一些什麼。

現在的人總習慣不斷追著趨勢走，什麼東西好賣，大家就一窩蜂地賣什麼，但趨勢往往瞬息萬變，今天鎂光燈照耀的地方，明天可能就會一片漆黑，轉向別的焦點；這一季走黑色重金屬搖滾路線，下一季說不定吹起清湯掛麵文青風。就像是我的十二生肖娃娃，即使輪到當令那一年，明年也是要下台一鞠躬，換人做做看。

記得前幾年大嫂團很紅的時候，有人建議我趕快去結婚，因為接下來一、兩年都會是大嫂團的天下，我如果結婚就有很多通告可以上。隔了幾年，又有人要我去生小孩，因為預期藝人帶著寶寶上節目談媽媽經會流行。又再隔了一陣子，連續幾位大齡女藝人高調閃婚，突然有很多粉絲跟我説：「曲老師啊，妳千萬不能結啊，妳再結我們就沒有人可以崇拜了，大家都走向婚姻這條路，可是還是有很多人沒有結婚啊，妳一定要守住啊！」有時候趨勢真的讓人很焦慮。

跟著趨勢走就像順著風向跑，既省力又省時；而不跟著趨勢走則像逆風前進，費力之餘還可能到不了目的地。但我總是想著，人應該經常回頭看看自己一路走來掉了什麼東西，或許有些不小心遺落的什麼還值得撿起來，就算是撿到別人掉的東西都好，因為昨日的累積，往往決定明日的成績，對我來説慢慢走可能比提早到達更重要。百米衝刺的跑法，會讓人喘個半死，慢慢跑雖然拉長了過程，但時不時地衝一下，沿路走走停停，或許才是長久之道。

我畫圖畫了三十多年，完全明白做畫的辛苦和孤獨，就算全心全意傾一生之力，也不一定能得到實際的回報或肯定，所以有幾年我曾經毅然拋下畫筆，讓自己去做那些容易引起共鳴，可以快速得到回饋的事情。雖然那些快樂也很真實，但卻短暫得令我害怕。每次錄影完，我都會有點耳鳴，整個人變得很 high，不斷自我陶醉在想像的肯定中。我一度以為這樣可以讓自己更有名，賺到更多錢，累積更多粉絲，並且過得更快樂，結果一旦回歸日常，才發現那種被掏空的焦慮和心虛，簡直大得要把自己吞沒。有些人會選擇繼續在這樣的潮流中奮力一搏，但是我意識到拚命追逐外在肯定實在耗去我太多精力和時間，我需要把有限的資源用在我一生最想要完成的事情上。

我相信花時間持續投入，一定會得到回報，就算不是來自外在的掌聲，但自己對自己的肯定，毋寧更可靠，也更重要。就像我的生肖娃娃們，已經習慣歲月的來來去去，自己當令的那一年很好，但換成別的生肖輪值的那一年也很好，這個世界本來就是一直在流轉，只要有耐心，有實力，總有一天會輪到屬於自己的那「十五分鐘」。

這幾年我又重拾畫筆，我現在明白畫畫才是真正能讓我的生命得以豐富、心靈感覺踏實的事情。畫畫所帶給我的滿足是那麼強烈、那麼持久，讓我在畫畫中找到我自己，並且一點一點成為我此生最後希望被記住的模樣。

5 沒那麼孤單

最好的室友史努比

很多人問我英文該怎麼學？怎麼樣才能把英文練好？如果要出國求學，有什麼建議？每次聽到這些問題，我總會墜入當年的時光。那是一九八一年，我初到美國，一段黯淡的日子就此展開。

當時爸爸把我送進紐約的一所住宿女校就讀，除了少數幾個日、韓學生，就是我和我姊兩個台灣人，以及幾個香港人，全校的東方臉孔加起來不超過十根手指。

還記得開學第一堂課，老師把我介紹給大家，同時也告訴我每個同學的姓名。當時我根本分不清楚外國人的臉，就連老師的臉孔我也記不住，加上英文又不靈光，只會那幾句在台灣學的「How are you」、「Fine, thank you」之類的句子，和別人完全說不上話，自然也交不到朋友，一個人過得很孤單。

但熱情海派的香港同學Betty卻主動和我交談，我身高一七〇，但Betty居然有一七三，就東方女生而言十分少見。由於我們都讀十年級、都是亞洲人、都屬華語系，又在同一個時間到校，或許是同病相憐的緣故，雖然我聽不懂她的廣東話，她也聽不懂我說的國語，但我們有同樣的心情和處境，很快地我們就成為好朋友。

雖然還稱不上被霸凌，但走在校園裡還是可以感受到其他同學的歧視。一開始我只覺得外國小女生講英文的聲調又輕又細很好聽，並不知道她們在批評我，直到漸漸進入狀況，才聽懂她們的嘲笑。這樣的日子過了好一陣子，有一次在走廊又聽到同學們對著我說三道四，我還沒來得及反應，Betty便轉過身對著她們發飆，她們看到Betty的表情、手勢以及充滿憤怒的語氣，立刻被嚇得閉上嘴。

當時沒什麼自信的我，總是縮著身子不太講話，而Betty卻一派大方，活力十足。每次用餐時間去到餐廳，我端著餐盤不知要坐在哪裡的時候，就會聽到Betty用她的大嗓門熱情十足地呼叫我過去一起吃飯。我們都吃不慣千篇一律的美式食物，但東西再不好吃，Betty

也會陪我一起吃。學校舉辦舞會時，我們兩個往往是乏人問津的壁花，高壯的她和瘦高的我，走在一起就像是史努比和小黃鳥（Woodstock），我們總能自得其樂地玩得很開心。那時候只要我在的地方，總能聽到 Betty 爽朗的笑聲。

由於我是新生，所以在安排宿舍房間時只能等學姐挑選完，最後剩下沒人要的才輪得到我入住。我的寢室位於地下室角落一間很陰暗的單人房，對面就是廁所，只有一小截高出地面的窗戶能透進微弱的光線，全部的家具就是一張床、一張小書桌和一個木製衣櫃，左鄰右舍都是來自不同國家的學生，幾乎找不到什麼人可以交談。

但那陰暗潮濕的房間，只要 Betty 一進來就會突然變得生氣盎然。有一天，Betty 向我介紹她的「室友」，那是跟著她從香港遠渡重洋到美國的絨毛玩偶史努比，我當時根本連史努比是什麼都不知道，只覺得 Betty 懂好多東西，每次去找她聊天時我都喜歡抱著這隻史努比。那時候我們很喜歡把心事告訴史努比，所以牠的耳朵裡藏了好多我和 Betty 的秘密，我們甚至用立可白在牠的兩隻耳朵各寫上我們的名字，還貼了一顆心，以示我們珍貴堅定的友誼。

十年級結束的那個禮拜，五月暑假來臨前，一直知道我很喜歡史努比的 Betty 居然把牠當成生日禮物送給我。我高興極了，心想我們的友誼一定可以歷久彌新，卻沒想到十一年級開學新生進來後，Betty 便忙著去照顧新入學的學妹。這一年的患難與共，對她來說彷彿是完成一個任務，她要再去照顧其他的人了，而這個史努比就像是Betty留下來守護我的分身，讓我覺得自己沒那麼孤單。

就這樣來到了畢業前夕，學校規定畢業典禮當天，每個同學都要穿著白色長裙，然後和自己的好友兩兩一起步出校門。雖然後來我開始愛上畫畫，也交了一些新朋友，和Betty不像以前那麼親近，但我們還是約好要一起捧著花走出校門。

之後很多年，無論我去到哪個城市，住在什麼地方，這隻史努比都一直坐在我的床上，像是我的守護神。每個來到我房間的朋友，一屁股坐下來時，一定會抱起史努比大呼可愛。在史努比的世界裡，唯一能聽懂小黃鳥說話的人，就只有史努比。在我離鄉背井的少女時光裡，Betty就像我的史努比，陪伴我、傾聽我、理解我，而她送給我的這隻耳朵裡藏著很多秘密的史努比，則會將這份溫暖延續到很久以後。

6

身體裡的秘密

穿著性感網襪的男娃娃

他大概小我十歲，雖是東方人，卻有著混血兒一般立體的精緻五官，一八〇公分玉樹臨風的修長身材，總是穿著剪裁合身的典雅西裝，完全就是華爾街金融圈標準高富帥的派頭，只要他走在路上，總會有許多人對他行注目禮。

因為他對紐約熟門熟路，所以那次我想搬家找房子就跟他請教，結果他約我去他家看看，順便了解一下附近的環境。站在他家按門鈴時，我心想這真是一個不錯的公寓，果然是單身貴族住的地方，卻沒想到門一開，就把我嚇得目瞪口呆。

眼前的他，上半身罩著一件西裝襯衫，但下半身居然只在內褲外面套著黑色性感網襪和三吋細跟尖頭高跟鞋，他就這樣把不為人知的一面，赤裸裸地展現在我的眼前。我當場愣在那裡不知所措，但又不敢表現得太過吃驚，停頓了幾秒後立刻裝沒事地進到屋子裡，他一派大方地問我要喝什麼，極度自然地在我面前走來走去，好像我早就看過他這麼打扮，天知道當下我的內心其實有一百個問號。

他帶著我參觀他的公寓，進到房間時，床頭上還擺著他和女友的合照。幾經掙扎我實在忍不住，於是鼓起勇氣小心翼翼地問：「我沒有看過你這樣穿耶！」他這才告訴我，包括他的家人、同事，甚至是住在美國西岸一、兩個月見一次面的女朋友，都不知道他有這樣的癖好。他說自己只是喜歡變裝，其實一直都很想跟女友坦白，但根本鼓不起勇氣。

後來我又去了他家一次，這次他甚至直接打赤膊，套上網襪、蹬著高跟鞋，把客廳當成伸展台，像個超模一樣地走起台步，我想他除了需要聽眾，或許更需要觀眾。

很多年後，我在跳蚤市場發現這個穿著紅白相間格子襯衫，搭配灰色長褲，一頭金髮，濃眉大眼的帥氣陽光男娃娃，要不是因為他的鞋子掉了，根本就不會發現在他尋常又普通的裝扮下，居然套著膚色網襪。一看到他，我就想起當年的那段「豔遇」，那個熱愛變裝的華爾街型男。

曾經有過幾次我無意間成為別人傾吐秘密的對象，有些事埋藏在他們心裡好久好久，一直找不到人可以分享。我想或許是因為他們覺得曲老師不會對人貼標籤，也不會去指責他們，所以才會放下心防，毫無懸念地相信我，把他們內心深處最幽微的心情讓我知道。能夠得到朋友的信任，在他們需要被支持、需要有人聆聽時，能夠想到我，讓我覺得很高興，也很榮幸。

每個人都有一些不為人知，也不欲人知的秘密。許多有著特殊嗜好的人，平時就生活在我們周遭，也與大家無異，他們只是在做一件自己喜歡的事。或許每個人的身體、心裡多多少少都隱藏著什麼，即使是再少見的喜好，在掀開面紗時，都不用感到自卑，只要沒有傷害什麼人，那些屬於自己的小小快樂，都該被尊重。

7 只剩下一隻天線寶寶

當迷戀變成無感的瞬間

十幾呎長的玩具牆上，天線寶寶永遠站在最高最顯眼的地方，就像是站上名人堂一樣，所有人都必須仰著頭才能看得到他們，曾經風靡世界的天線寶寶，彷彿是玩具界的披頭四，有著不可動搖的偶像地位。

印象中，每個小孩好像都會對什麼東西非常著迷，奇妙的是曾經如此珍愛，好像沒有就會活不下去的東西，不知道為什麼突然有一天就完全不想要了。如果那麼重要，怎麼會一下子沒了感覺，甚至連討厭也說不上，而是完全視而不見呢？我總是好奇小孩子的心情是怎麼變化的，在迷戀轉變為無感的那一瞬間，他們是怎麼想的呢？

記得天線寶寶正火紅的時候，小朋友們迷到不行，一起床就要看天線寶寶節目，吃飯要看，休息也要看，看不到的話就會人哭大叫。當時天線寶寶剛上市，我正好到英國旅行，整個倫敦人手一隻天線寶寶，我也想要，但去到店裡才發現早已被搶購一空，只剩下一個迷你版的紫色天線寶寶（丁丁；Tinky Winky）。一直等到幾年後熱潮退燒，我才陸續在二手市場找到紅的（小波；Po）、黃的（拉拉；Laa Laa）、綠的（迪西；Dipsy）天線寶寶，總算湊齊完整的天線寶寶家族。

全盛時期，這四個古怪可愛的角色進到全世界超過一百個國家，節目被翻譯成四十多種語言，可說是當時全球一到五歲小小孩心目中的超級天團，無論是公仔或周邊商品都賣翻天。我還曾經在百貨公司裡看到一群小朋友瘋狂搶購的驚人景象，就好像被催眠一樣，大家毫無抵抗力地愛上天線寶寶。

當全世界的小孩都想擁有天線寶寶的時候，全世界的大人都會想著買一個天線寶寶來滿足小孩吧。但我卻忍不住想到，這些小孩對天線寶寶的愛能夠持久嗎？一旦小孩不再迷戀了，有沒有一個地方可以收留那些不再被愛的、不再被需要的天線寶寶呢？

我想起自己也曾經有過對一樣東西狂愛而不能自拔，卻在毫無預警的情況下再也不愛了的經驗。

有一陣子，我超愛某個牌子的潮鞋，覺得每一雙都好看，每一款都想買，只要一有新貨我就統統帶回家。那幾年這個牌子的潮鞋當紅，跟很多設計師合作推出聯名專屬款式，從強調手繪，塗鴉、幾何、噴墨、潑漆等不同繪圖形式，到融入街頭、嘻哈精神，或是與運動、文學，甚至是東西文化交流等主題跨界合作，為球鞋注入很多新元素，加上國際知名設計師也會戴著名錶，穿上最高檔的衣服，搭配這個牌子的潮鞋，讓我也跟著一起成為這個品牌的鐵粉。

一開始我只是久久買一雙，隔兩、三個月再買第二雙，但後來愈看愈喜歡，就開始瘋狂購買過季的鞋款，甚至連還未上市的我都想要先睹為快，不時上網去看，託朋友從國外幫我帶回當地限量的款式。有時候明明沒有我的尺寸，我居然寧願不合腳也要買回來，大概有兩年多的時間，整個人失心瘋似地大量購買，就這麼累積了上百雙。

從迷戀轉變為無感，往往是一瞬間的事。某一天我突然意識到：「My God！怎麼會這樣！」然後我就膩了，就斷了繼續購買的欲望，甚至一口氣將我辛苦收集來的一百多雙統統收進倉庫，彷彿不曾擁有過。

這讓我想起我的那些娃娃。除了少部分是別人贈送，或是我自己購買的全新娃娃，絕大部分都來自二手市集或跳蚤市場，這不正是大家對於喜歡的東西維持不了太久，最後都會以各種形式拋棄掉的證明嗎？那些能夠持續在二手市集看到的物件，往往就是大家還不斷在購買的物件。

我也曾經那麼喜歡一個人，卻在某一天不想再跟對方有任何交集，問我為什麼，我無法回答。只能說很多時候喜歡和不喜歡都沒有理由，也不需要理由。如果有一天，我成為別人毫無預警想要逃離的對象，我一定不要沉溺在被拋棄的自怨自艾中。離開了一個人，還會有另一個人等著與我相遇，就像那些被丟棄的天線寶寶，因為離開了第一個主人，才能以二手玩具的方式來到我的工作室，至於當初那個人為什麼會突然不喜歡了，一點都不重要。

8

這就是你該走的路

獨一無二的曲家瑞娃娃

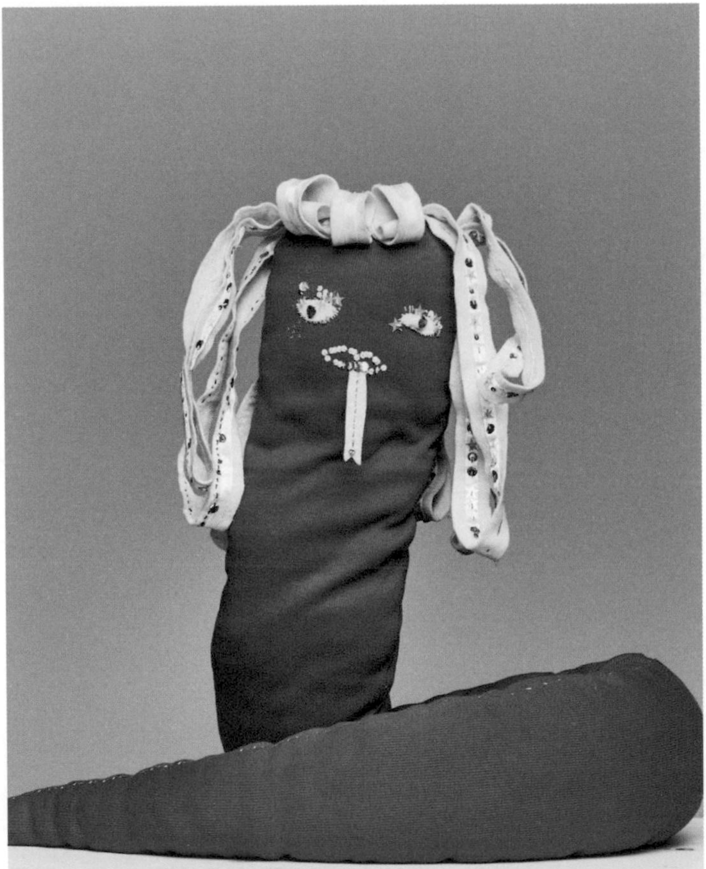

還記得初次見到這個娃娃時，那份又驚又喜的感動。

十幾年前，兩個瘦瘦高高，穿著綠色制服百褶裙的北一女學生來找我，看到我的時候，好像有很多事情想要跟我分享。當她們小心翼翼地從手提袋拖出這個又長又大的粉紅色曲家瑞娃娃時，她們的眼神發亮：「曲老師，這是我們為妳量身打造的。」

我的生肖屬蛇，身形也像蛇一樣瘦長，當時我把頭髮染成淡金色，經常從頭到腳一身我最愛的粉紅裝扮。這兩個小女生在仔細觀察我之後，合力做出這個跟我一樣高、全身粉紅，並且帶著bling bling風格，全世界獨一無二的布偶送給我。布偶有著閃爍的眼睛，光亮的口紅，小女生知道我很愛放聲大笑，有時笑得太過頭不免有點尷尬，所以布偶的表情也很傳神的像是我有點不好意思地吐著舌頭。

她們告訴我，在縫製的過程中，覺得自己好像正朝著夢想的道路邁進。她們兩人都喜歡設計，但因為成績優異，父母期望她們能夠走一條符合社會期待的路，所以未來是否能如願從事設計相關工作，還有很多變數。人總是渴望被認同、被接受、被肯定，但大多數父母總是要孩子讀書升學，經常無視他們真正的專長，導致許多孩子的天分被埋沒。

這些年設計相關科系開始有很多非常優秀的同學，然而多數家長還是擔心孩子學設計，未來沒有出路，認為成績好讀設計科系是一種「浪費」。在國外，很多念設計的學生都是最頂尖的，就像這兩個北一女學生，才十幾歲，就能以其天生敏銳的直覺力，沒有太多修飾，將對一個人的觀察直接轉化成充滿象徵性的立體作品。

娃娃製作的過程除了創意激發，還要將抽象概念落實執行，然後實際採買材料、繪圖、縫製……才能完成這樣一個百分之百原創的作品，無疑證明了創意的種子早已深植在她們的靈魂，開始發芽成長。兩個女孩內在迸發出來的能量與熱情完全無法掩蓋，在在透過這個娃娃表現出來。我絕對相信她們有身為設計人、創意人的直覺力與行動力，我很感謝自己能夠成為那個讓她們展現天賦的動力與觸媒。

一直以來，學生對於我鼓勵大家「做自己」，雖然感到渴望，但在試圖成為自己的過程中，一遇到挫折很容易就會想退縮放棄，甚至無法面對做自己之後必須承擔的責任。特別是許多學生非常在意成績，所以在創作時，經常依賴老師，希望能有標準答案，告訴他們應該怎麼做。可是我認為即使身為老師，也不該是最高的指標，每件事都應該有更多可能。

送我娃娃的兩個學生後來寫信告訴我，她們跟父母好好溝通之後，總算獲得父母同意，讓她們選讀自己喜歡的科系。高中畢業後，兩個人都順利申請到國外大學的設計院校，一個去了英國，一個去了美國。當然不是每個人都像這兩個小女生一樣幸運，但如果父母對於你的未來，和你的期待有很大的落差，請不要以為人生再也沒有機會，甚至傻得作出極端選擇。

即使當下無法按照自己的意思作決定，也不需要太過沮喪，因為就算選了自己最想走的路，人生也一定會有很多挫敗的時刻，如果真的是屬於自己的天賦，即使必須繞道而行，終究會走到自己該走的路。一旦對應到自己的天賦和興趣，加上足夠的努力，開始發展就會有非常突出的表現，我還記得高中意識到自己喜歡畫圖的時候，繪畫能力進步的速度之快，完全超乎我的想像。

在還無法獨立自主，完全按照自己的意志生活之前，可以試著一邊滿足父母的期待，一邊持續發展自己的興趣，很多事都不必急在一時一刻。我認識一個很優秀的學生，喜歡文學，卻進入商學院，他沒因此氣餒，反而利用寒暑假去公關公司實習，因為表現非常優秀，實習結束時老闆就送上正式聘書，畢業後順利進入公關公司服務，如今已成為一流的公關人才。

還有一個大學昆蟲系畢業的學生，因為喜歡設計，所以報考我們學校的研究所。因為他不是科班出身，因此研究所時比別人加倍努力，而他之前走的路也沒有浪費，因為昆蟲系的訓練，讓他有格外敏銳的觀察力和執行力，畢業後他從事影像設計相關工作，做他真正喜歡的事情，讓他很開心。

這個曲家瑞娃娃現在還放在我工作室入口很醒目的地方，每當冬天很冷的時候，我就會把娃娃當成大圍巾繞在身上，就像是這兩個小女生給我大大的擁抱。現在我再看到這個娃娃，還是能感受到她們的熱情和創意，知道自己能夠對她們產生這麼大的影響，是我人生中很快樂的事情。（如果你們也有因為曲老師而發想創作的東西，歡迎讓我看看。）

9

如果我們都勇敢一點

無條件相信我的大娃娃

黃昏的時候，天色漸漸暗了下來，街上的人行色匆匆。她所在的那個地方，是整條街唯一有光的所在，她的目光穿越店裡亂七八糟的雜物，凝視著店外的世界，好像在說：我……能出去看一看嗎？

我就站在店的對街，本來眼光只是不經意地掃過，卻沒想到我一眼就看到她孤伶伶地站著，雖然光線昏暗，她也只露出半邊身體，但她強烈的存在感讓我很難不注意。

說起來，她一點也不特別，不是那種鎂光燈焦點的女主角類型，反而是極其普通的娃娃，是那種路邊常見的玩具，沒有什麼特別之處，看一眼就忘了。她的一頭過肩金髮被紮成兩條半長不短的辮子，上身穿著簡單的條紋T恤，外罩一件胸前繡了小兔子的吊帶牛仔褲。但她修長的雙手和雙腿，讓上衣或長褲都顯得不太合身，彷彿還沒換下小時候的衣服，看起來有點不協調，說不上什麼地方不對勁。

每次決定要不要買下一個娃娃前，我都會盡可能地靠近他們，如果情況允許，甚至會把他們抱起來仔細對望，看看我們能不能有所交流。

那天我進到店裡仔細地凝視她，我感覺她的眼神中帶著一份遲疑，但不是那種對於陌生人充滿防備的懷疑，也不是只想活在自己的世界拒人千里的冷漠，反而比較像是對外界的刺激一下子反應不過來，需要多等個兩三秒，才會有所回應的那種感覺。

我試著跟她說話，卻發現她似乎聽不太清楚，此外，她的反應好像比一般人慢，無法即時表達自己的意思。或許是這樣，她才會一個人安安靜靜地倚在古董店門邊，偷偷看著外面的世界，彷彿若有所思，又不敢輕舉妄動。

後來我驚訝地發現，如果從背後牽起她的手，她居然可以一步一步像個開始學走路的小孩慢慢地往前走。當我牽著她一步一步前進，她雖然帶著膽怯，走得搖搖晃晃，但我強烈地感覺到她全然的信任，我像是陪伴著孩子學步的父母，那個當下，意識到自己是如此被需要。每當有朋友造訪，我總會帶著她「炫耀」一番，大家驚呼連連，覺得不可思議，在這個時候，沒有人能想像娃娃本來的內向和拘謹，她勇敢擁抱了這個世界。在這麼多娃娃之中只有她會走路，我就像個驕傲的媽媽。

這個娃娃所跨出的每一小步，似乎就是她從古董店走出局限、踏進真實世界的那一大步，這之中帶著無比的勇敢和決心，娃娃尚且如此，面臨人生抉擇的你為什麼還要給自己藉口，你又怎麼可能做不到呢？

10

可惜那並不是愛

瑪德琳

當年他那麼受歡迎，所以我也跟著班上的女生一起喜歡他，事實上我們根本不合適。他從來沒有想過我會是那個人，只是在他最脆弱的時候，我「乘虛而入」。

那次他病了一、兩個星期，我就跟著照顧了一、兩個星期，等他漸漸痊癒，對我的好感也與日俱增。他告訴我，就連他的媽媽都沒有這樣對待他，這是第一次有人這麼細心地照顧他，在說這話的當下，他深情地望著我，自此我們決定交往，開始在同學面前出雙入對。

在國外讀大學的時候，班上最受歡迎的男生又帥身材又好，為人誠懇親切，對我像個大哥哥，完全沒有因為我是東方人而態度冷淡，這讓我也跟著愈來愈喜歡他。他是那種想和大家都保持友好關係的人，所以雖然班上很多女生中意他，但聽說他才分手，一直沒有新戀情。

我的機會終於來了。他缺課缺了好多天，有人說他車禍受傷了，也有人說他上回考試沒考好打擊太大，甚至有人說他決定要退學了。我費盡千辛萬苦，終於打聽到他的住處，沒有多想便帶著一束花直接去找他。

沒想到前來應門的他極度憔悴，跟平常開朗陽光的樣子判若兩人，我告訴他我知道他生病了，所以來看看他。我小時候體弱多病，爸媽將我照顧得無微不至，當我有機會照顧別人時，真的很高興。我不但幫他擦汗擰毛巾、煮水做飯，甚至還幫他換床單、整理房間（我現在再也不做這種事），我覺得自己很偉大，以為這就是愛。當同學知道我們兩人在一起的時候，完全不敢置信，想不透他怎麼會選中我，我是大爆冷門跑出金牌的黑馬。

我們在一起將近兩年，期間他總共送了我七個瑪德琳（Madeline）娃娃。瑪德琳是個小女孩，因為盲腸炎住院，受到細心關照，讓其他小朋友好生羨慕，所以大家都想得盲腸炎，希望能像瑪德琳一樣得到愛與關注。瑪德琳有一雙小小的眼睛，五官平平的，很像東方人，為求逼真，每個瑪德琳娃娃的肚子旁邊都縫有一個割盲腸留下的疤痕。他送我第一個瑪德琳娃娃的時候告訴我，每次他一看到瑪德琳，就會想到我。

後來我想通他之所以要送我這麼多個瑪德琳娃娃，是因為我們的關係每兩、三個月就有危機出現，他必須透過瑪德琳來提醒自己，才能讓我們的感情繼續。記得和他交往的時候，還是有好多女生會對他投以愛慕的眼光，這讓我極度缺乏安全感，每次我們走在一起時，我常常會因為他在瞄別的女生而和他起爭執，我甚至曾經在餐廳失控大暴走。

每當有其他女生介入，他就會想起我曾經那樣照顧他，所以他絕對不可以負我。我就像是他的大老婆，是他愛情裡的起家厝，無論如何他都想要守護，所以他總是在快要把持不住的時候踩煞車，告誡自己務必堅守我們的感情。但是不安全感依然在我的心上畫下傷痕，時間久了成了層層覆蓋的傷疤。我們終究還是分手了，因為感情的維繫只靠「感恩」實在太薄弱，他老是抱持罪惡感，勉強和我在一起，那並不是愛情。

有時候我們作的選擇，並不是發自我們內心，而是因為別人都說好，所以我們就以為是好，和他交往的過程雖然開心，但我們心裡都知道這份感情很空虛。他不是我崇拜的對象，兩個人能聊的東西不多，共通點又很少，所以最後只能分手。

瑪德琳娃娃教會我光靠回報並不足以維繫感情，看見瑪德琳的傷疤，我好像也更能看清愛情的真相，幸福是勉強不來的。

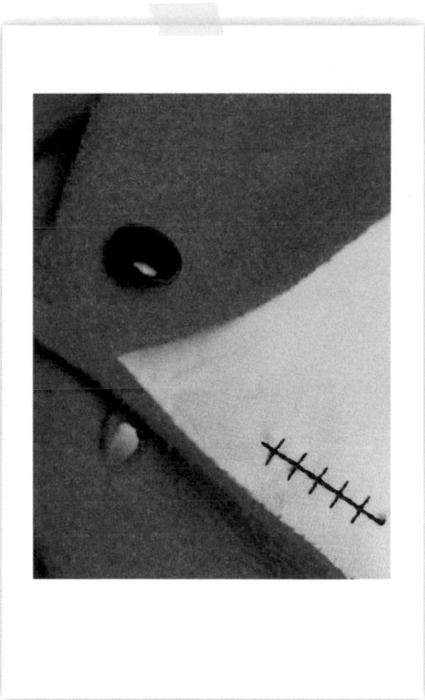

CHAPTER 2：情感

11

姊妹情深

米老鼠與皮諾丘

對我來說，重點不是誰先選，而是姊姊選了哪一個，我就要她選的那一個。所以每次看到這兩個布偶，我都會陷入混亂，忘了到底哪一個才是我的，因為我明明心裡喜歡皮諾丘，偏偏搶了姊姊喜歡的米老鼠，所以我不是很愛惜，甚至還把牠的耳朵剪掉。

那次爸爸從美國回來，帶了米老鼠和皮諾丘給我們當禮物。我第一眼就喜歡上小木偶故事裡長鼻子的皮諾丘。爸爸問姊姊要哪一個，姊姊讓我先選，我立刻就要了皮諾丘。姊姊說：「那我就要米老鼠。」這下子我心想：「姊姊要的肯定比較好！」於是我立刻反悔改選米老鼠。

這兩隻破舊不堪的米老鼠和皮諾丘，已經有超過四十年的歷史。我和我的姊姊，則已經相依相伴超過五十年。從我懂事以來，我姊就是罩在我頭頂上的一片烏雲。

我爸四十多歲才結婚，因此姊姊出生的時候，全家人簡直樂透了。她一雙水汪汪的大眼睛，又長得白白胖胖，讀書時成績也很好，因此非常受寵。

我小姊姊一歲，又瘦又黑，和姊姊的可愛模樣截然不同，加上出生當時爸爸的生意有點波折，因此家人難免覺得我「帶賽」。

阿嬤還在世的時候，每天早上我們都要去向她請安，請安後阿嬤總是給姊姊一塊錢，卻只給我一毛錢。我問阿嬤為什麼只給我一毛錢，她總是說：「對啊，妳只值一毛錢。」

姊姊讀幼稚園的時候，媽媽幫她辦生日party，她把好朋友都請來家裡吃蛋糕，每個人都穿得好漂亮，我站在餐桌旁邊，覺得自己像個婢女。我生日的時候也想請朋友來家裡玩，誰知道等我生日，居然就像平常日子一樣地過了。

每回爸爸出差前一晚，總會來我和姊姊的房間，問她想要什麼禮物。我往往在一旁假睡，等著問到我，但爸爸卻老是幫我把被子蓋好就走了。

一直到我上大學，姊姊仍然是整個家族的重心。

申請到大學的那年暑假，有一天姑姑請全家人吃飯，席間她拿出一條翡翠項鍊，我暗自竊喜，心想這一定是獎勵我的禮物，沒想到姑姑卻把項鍊送給了姊姊。當下我非常激動，卻又怕被大家察覺，只能在餐桌下用力掐自己的大腿，心裡吶喊：「&＊%$！我這麼努力，這麼用功，你們眼裡卻還是只有她。」我上大學應該是那個夏天全家最重要的事，結果根本沒人在乎。

我姊從小就不喜歡成為矚目焦點，我卻恨不得得到所有人的關注。小時候家裡有客人，爸媽要我們表演唱歌跳舞，姊姊都不做，我卻老是衝第一。就連小時候綁辮子，姊姊髮量多，可以紮出四條辮子，我的頭髮少，根本綁不了那麼多條，但每次我都哭著說自己也要跟姊姊一樣，媽媽為了安撫我，只好勉強也幫我綁了四條像筷子那麼細的辮子，結果當然一點都不好看。

爸爸身體還健康的時候，每次全家人出去吃飯，他總是會幫我姊夾菜，我曾經怨恨父母不公平，但現在懂得那只是他們的習慣，並不是有意的。如今想想當然覺得自己當年很好笑，但對小時候的我來說真的是一場夢魘，我姊也許很難想像我內心有過這麼多糾結。

其實姊姊對我極好，小時候我們一起下課回家，按不到門鈴，都是我姊揹我上去按門鈴。一直到現在，她還是什麼都讓我，因為知道我愛現，過年包紅包的時候，總會讓我包多一點，好滿足我愛出風頭的個性。每次看到什麼好東西、讀到什麼好書，她總是第一個跟我分享。

也是因為姊姊的關係，才讓我一路拚命努力，好證明自己不比姊姊差。其實兄弟姊妹之間的競爭很正常，旁人的態度才是影響手足關係好壞的關鍵，我很慶幸有一個豁達又大氣的姊姊，也許她曾經察覺我把她看成假想敵，但她從來沒有跟我計較，凡事都讓我。曾以為姊姊是我頭上的一片烏雲，現在才知道，其實姊姊是環繞在烏雲四周的銀光。

12 老小孩

送給爸爸的淘氣寶貝

幾年前，我爸跌了很大一跤，動了第一次手術卻沒有太大起色，不到一年半又開了第二次刀。剛開完刀的時候，他非常積極做復健，可惜努力並沒有讓身體持續好轉，反而在短時間內節節敗退。結果像是倒帶一樣，沒多久爸爸又拄起了枴杖，接著再次退化到必須仰賴輪椅，後來甚至也沒辦法在輪椅上坐太久，只能長時間臥病在床。

當時我爸的生活範圍就只有臥房、客廳、飯廳幾個地方，每天都只能用輪椅推進推出，他的心情總是很低落，看什麼都不滿意，每次見到我就一直叨唸，要我趕快去結婚生小孩。

有一天，我突然在工作室的玩具堆中看到站在嬰兒床上的淘氣寶貝，只要感應到有人在動，就會跳起來發出咿呀咿呀的聲音，會哭會笑還會撒嬌，就像是真的小小孩一樣可以跟人互動。「說不定爸爸看到這個心情會好一點啊！」於是我刻意把淘氣寶貝放在客廳的電視櫃前面。

起初我爸很不習慣，每次一進客廳，淘氣寶貝就冷不防跳出來，讓他嚇到好幾次，他覺得這個娃娃真煩人，一直要我拿走。沒想到隨著時間慢慢過去，他開始覺得好玩，進客廳時居然會期待聽到淘氣寶貝的招呼聲，好像真的有個小 baby 陪著他。後來，我又買了另一個淘氣寶貝，讓他們倆代替我彩衣娛親，爸爸甚至還會主動去逗他們，就好像是爺孫三人在玩鬧，這麼一想，多少彌補了我沒能讓我爸抱孫的愧疚感。

人在日漸衰老的過程，也像是回歸童稚幼小的自己。許多老人家在看到必須仰賴他人照顧的嬰幼兒時，往往能從中體會到生命歷程的奇妙與智慧。

有一次我爸突然被送進急診，好不容易狀況穩定，當我從醫院回家，累得坐在客廳時，發現其中一個淘氣寶貝居然沒電了。當時憂心爸爸病況的我，覺得一定是因為這樣，他才會緊急住院。果然換好電池沒幾天，我爸就離開加護病房，這讓我開始變得迷信，每當淘氣寶貝的聲音顯得疲軟，我就焦慮起來，急著更新電池，生怕一斷電，爸爸病況又會惡化。

最初買淘氣寶貝時，我是為了自己，怎麼也沒想到淘氣寶貝後來會成為我爸病中少數的快樂來源。我曾經想過，待在嬰兒床裡的淘氣寶貝跟當時只能癱坐在輪椅上的爸爸，行動不便的處境有點相似，或許因此更能理解彼此。爸爸看著他們的笑容總是特別燦爛，也許彼此交會的當下，他也感受到生命與希望的傳承，就像接力賽一樣，一棒一棒跑下去。

娃娃，或者說玩具，從來就不是小孩的專利，一個人無論幾歲，內心都住著一個小孩，有些時候，一個小小的玩具便有可能召喚出這份潛藏在心底的純真與玩心，甚至找回生命的活力與勇氣。

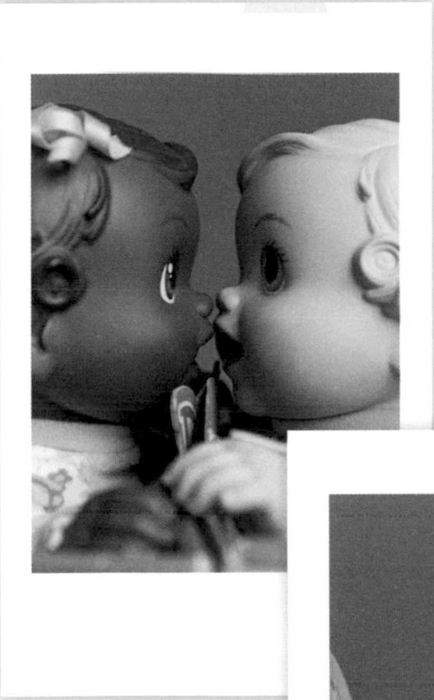

13

記憶時光機

搖椅上的大紅熊

我爸是個極度內斂自制的人，一生都像個男子漢，從來不曾示弱，更別說激動流淚，就連奶奶過世那一夜，他也只是獨自坐在客廳的飯桌，整晚低著頭不發一語，把臉埋進雙手裡，我還記得隔天一早看到桌上菸灰缸裡滿滿都是菸屁股。二〇〇三年他八十歲，去紐約動了一個生死交關的大手術，清醒後他居然哭了，那是我此生第一次看到爸爸的眼淚。當時我因為要趕回學校授課，必須先回台灣，去機場前我想抱抱他，他居然被我嚇得彈跳開來，我才發現長大之後，竟然從沒有抱過爸爸。

爸爸已經過世好幾年了，有幾次真的很想他的時候，我就去抱抱大紅熊，牠像爸爸一樣厚實寬闊，給我一種無比安心可靠的感覺。當年爸爸把大紅熊扛回家，應該沒有想過大紅熊會在他過世之後，能代替他繼續給我安慰，就像爸爸從來沒有離開過一樣。

記憶中爸爸是個大忙人，在家的時間很少，他總是一身西裝筆挺，正襟危坐，爸爸的臉長長的，從年輕就有很深的法令紋，加上他很少笑，所以給人一種不怒而威的感覺，我們家每個小孩都怕他。他表達關愛的方式就是管我們吃飯時筷子有沒有拿好，寫字握筆的方法對不對，或是要求我們應對進退要有禮貌。雖然爸爸從來不打小孩，也很少罵人，但他的威嚴還是讓我們很緊張。只要有他在的場合，我們連大氣都不敢喘，要是不乖被他知道了，根本不用等他開罵，光是聽到有抽菸習慣的他清喉嚨咳痰的聲音，我們就嚇得發抖。

其實我爸非常喜歡小孩，所以雖然晚婚，還是生了四個。他是一個很節省的人，西裝皮鞋就那幾套換來換去，一輩子就只有一支戴了幾十年的老錶，但他每次出差回來都一定給我們帶禮物，這隻尺寸超大的紅色巨熊，就是我爸買給我們的。紅色象徵熱情，大紅熊就像是爸爸的化身，幫他表達對我們說不出口的愛。他當年看到大紅熊，一定就好像看到我們四個小孩玩在一起的樣子，四、五十年前這麼巨大的玩偶極為罕見，爸爸從百貨公司把熊扛回來的路上，心裡一定很得意。

記得小時候，家裡有一張很大的皮搖椅，椅子兩側是深色木製扶手，對當年幼小的我們來說，那真的是一張非常巨大的椅子，就算我們家四個小孩同時坐上去也不成問題。但或許是深藍色的真皮材質讓人感覺拘謹，就像爸爸一樣嚴肅，讓人不敢造次，所以我們幾個小孩只會在搖椅四周跑來跑去，很少主動坐上去。記不得哪一天開始，搖椅上突然多了這隻大紅熊，這讓搖椅瞬間變得有趣，我們經常爭先恐後搶著爬上去，坐在大紅熊腿上的VIP位置。

偶爾我爸難得在家，他會換上居家的背心短褲坐在搖椅上放鬆，這時一向不苟言笑的爸爸忽然化身大紅熊，表情會瞬間變得柔和，興致一來還會把我們幾個小孩抱到搖椅上跟他擠在一起，或是輪流把我們舉高高。本來難以親近的爸爸馬上變得和藹可親，像個大孩子一樣。

隨著時間過去，坐墊皮面開始龜裂發霉，搖椅也變得重心不穩，而有著多處脫線破口的大紅熊卻一直守著搖椅，看到這樣的組合，彷彿就搭上時光機回到了過去。當我開始收集二手玩具時，我就把大紅熊帶回我的工作室，每次看到陪著我們長大的牠，就好像又回到童年，回到爸爸坐在搖椅放鬆的週末下午。

14

被賣掉的記憶

老奶奶皮箱裡的粉紅色娃娃

那是一個規模很大的二手市集，市集內停滿了專業貨櫃，攤商們忙著把貨品上架，一會兒就要開張迎接客人。在這個華麗的市集邊緣，有個頭髮花白的老奶奶，一臉和藹笑容，衣著樸素乾淨，雖然微微駝背，但舉止優雅，一個人慢條斯理地打開身旁的皮箱，小心翼翼地把裡頭的物品一一擺好，然後就這麼安安靜靜地站在皮箱旁邊，像是在等待什麼有緣人。

這是十幾年前，我趁著暑假回紐約，跟朋友去了跳蚤市場所看到的一幕。因為好奇，我走到老奶奶的皮箱前，看到裡面整齊擺放著兒童的小毛衣、小皮包，還有一些玩具和童書，雖然看起來已經有些年歲，但每樣東西都保存得很好。而這些雜物裡，有一個粉紅色娃娃深深吸引了我的目光。

娃娃的眼睛非常美，當她躺下來，眼皮還會緩緩闔上。每當她坐起身來，眼睛一睜開，那純真無辜的眼神簡直迷死人了。老奶奶告訴我，這是她女兒小時候最喜歡的娃娃，還說這個娃娃跟她的女兒長得很像，其實我第一眼反而覺得娃娃跟老奶奶很神似，當下我便決定要把娃娃帶回家。

老奶奶的女兒早已長大獨立，自從高中畢業搬出去之後，就很少回家，但多年來女兒的房間依然維持離家時的樣子，每次老奶奶進到這個房間，都格外想念女兒，尤其是看到這個娃娃，更讓她睹物思人，掛念著女兒過得好不好。這麼多年過去，老奶奶想通了，與其一直擔心想念，糾結在過往時光也不是辦法，女兒也會放心不下，於是她把女兒房間裡的舊物打包收拾，帶到二手市集，希望把女兒的東西託付給合適的人。老奶奶說，每送走一樣東西，就像是賣掉一個記憶，只有把記憶清空，她和女兒才能往前走。

我很後悔當初只跟老奶奶買了這個粉紅色娃娃，如果那時候懂得要把老奶奶整個皮箱的東西全部買下來就好了，不過再轉念一想，物品和人都有各自的緣分、各自該去的地方，讓皮箱裡的不同物件，去到最適合的人手中，也許更能被好好珍惜。

當年我其實無法完全了解老奶奶既不捨又必須割捨的矛盾心情，如今已能慢慢體會，很多時候人要往前走，必須要Let go。與其執著在過去的美好，不如下定決心清空一些什麼，新的可能才有機會進駐。

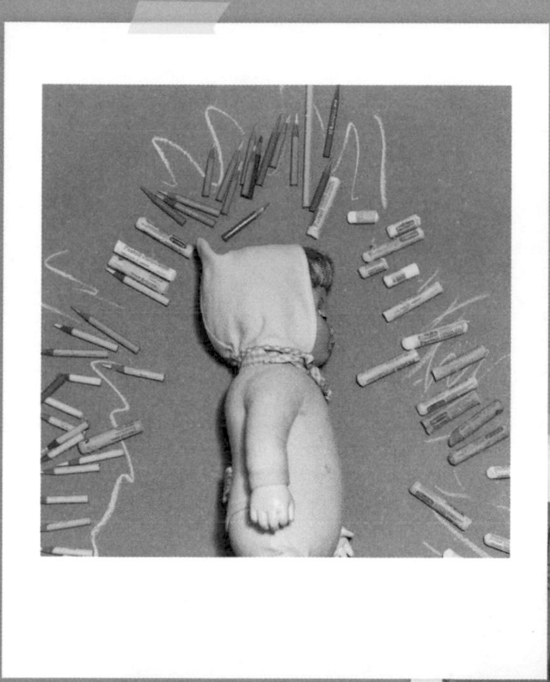

15

逐漸散去的怨念

扁扁的短毛貓布偶

牠脖子上那圈鮮豔的紅色項圈和鈴鐺，還能發出叮叮噹噹的聲響，彷彿是在提醒我，牠曾經有過自己的歸屬，我的工作室並不是牠真正的家。

因為接受電視台節目採訪，同行攝影師看到我的工作室裡有很多二手玩具，讓他印象深刻。隔了幾年，電視台再度邀訪，當年到我工作室拍攝的攝影師突然神秘兮兮地拿了一個袋子給我，一打開就是一股嗆人刺鼻的恐怖氣味，仔細一看裡面居然裝著一隻看起來被什麼重物使勁輾壓、用力踩踏的灰色短毛貓布偶。

起因是一對年輕夫妻養了一隻貓咪很多年，對牠疼愛有加，當時夫妻沒有生小孩，所以這隻貓咪對他們來說，就像是自己的孩子，可以在家裡自由出入，就算跳到床上也沒關係。夫妻都認為這隻貓會一直陪著他們，即使後來太太懷孕，也沒有想過要把貓咪送走。

誰知道孩子出生之後，一切都變了調。原本溫順的貓咪突然性情大變，或許是對於主人把注意力都放在小嬰兒身上感到非常不諒解，驟然失寵的貓咪彷彿從天堂掉入地獄，醋勁大發的牠變得情緒不穩，不時發出低聲怒吼，甚至趁主人沒留意時跑去偷襲寶寶，把寶寶抓傷，這讓夫婦倆嚇壞了。貓咪因嫉妒抓傷嬰兒的消息引起電視台主管的注意，於是請攝影師跟這對夫婦聯繫，希望能拍攝這隻與人爭寵的貓咪。

沒想到主人早早就把貓咪送走，攝影師不知道回去怎麼交差，苦惱之際，主人指著地上一坨灰色毛團說：「來來來，你來拍這個，這個貓布偶是貓咪的玩具，光看這個布偶被壓得這麼扁，就可以想像那隻貓的怨氣有多深。」主人還特別強調，送走的貓咪跟布偶是一模一樣的灰色短毛貓。

看到又臭又髒的貓布偶，攝影師突然想起曲老師在收藏二手娃娃，心想或許我會喜歡這個可怕的受氣貓，於是跟主人要來，打算找機會拿給我。剛拿到受氣貓的時候，我真的被嚇到了，一雙充滿殺氣的眼睛，四腳張開趴著的姿勢就像是一片熱騰騰的披薩正面掉在地上，再被推土機狠狠輾過一樣那麼慘，身上沾滿貓毛，咬痕還清晰可見。當時那對夫妻告訴攝影師，貓咪經常一屁股坐在受氣貓上面猛咬狠抓，看著牠的「慘況」，就知道貓咪有多氣、多埋怨牠的主人。

原本我拒絕收下，因為實在受不了那個味道，我根本不用親眼看到貓咪，光從受氣貓身上發出像是一百年沒洗澡的可怕異味，就可以想像貓咪根本就放棄自己了。否則貓咪天生愛乾淨，怎麼可能任由自己臭成這樣，而且貓咪一定是因為沒有發洩的管道，所以才要找一個出氣的對象。

除了久久不散的味道，更讓我遲疑不想帶走的原因，其實是受氣貓的陰氣太重、怨念太強，但是攝影師的盛情難卻，最後我還是把受氣貓帶回家。那時正值夏末秋初，天氣還很熱，我把牠拿出去曬太陽，而且還不時翻面，確保牠的身心內外都得到太陽的洗禮，甚至還製作專屬的受氣貓日曬紀錄表，天天慎重其事地讓牠曬太陽，務求把身上的怨念和陰氣去光光。

說也奇怪，曬了一陣子之後，受氣貓原本難聞的味道慢慢散去，扁塌的身體漸漸膨起，更神奇的是牠身上原有的那股怨念和邪氣似乎也跟著褪去。

現在的牠早已沒了初見面時的陰森之氣，但卻再也坐不起來，即使我在架上留了一個位置給牠，牠也只能可憐兮兮地趴在地板上。只要看到受氣貓，我就不免想起那隻因為羨慕嫉妒恨而做了壞事被主人送走的貓咪，希望後來牠有找到一個心無旁鶩，眼中只有牠的新主人。

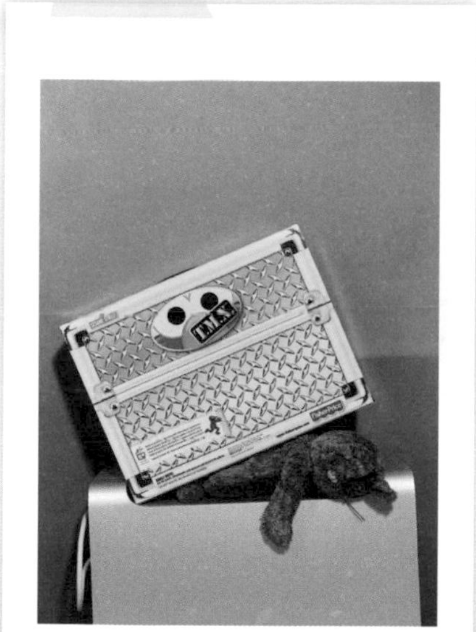

16

面對真相的勇氣

邪惡的桃紅貓

我和當時的男友已經交往好幾年，雖然是遠距離戀愛，但彼此有很深的信任基礎，為了讓愛情增溫，男友精心安排了那次旅行，還特地帶我去費城的Salvation Army尋寶，只是逛了半天都沒有看到中意的物件，於是我尾隨工作人員偷偷鑽進正在整理新貨的倉庫，想看看有什麼好貨，這兩隻桃紅貓就是那次旅行的戰利品。

剛進到倉庫，我就看見七、八隻貓咪被擺在工作檯上，牠們身上的毛髮都帶著過度飽和的螢光桃紅色，各自又混搭著衝突對比的其他色彩，看起來非常不自然，端坐在桌上給人一種說不出的尊貴感，卻又讓人感到窒息。而貓咪彈珠般晶瑩明亮的眼神，彷彿有種攝人心魂的魔力，才看了一下就目眩神迷。我覺得自己不小心闖進了牠們的聚會，侵入牠們的空間，原本還想把全部的桃紅貓都帶走，卻因為擔心自己招架不了，緊張之餘隨手挑了兩隻就倉皇逃離倉庫。

我可以想像這群桃紅貓原本住在一座十九世紀的古宅，房子中央懸掛著一個結滿蜘蛛網的水晶吊燈，內裝都是深色木頭，猩紅色的窗簾永遠緊緊闔上，屋內終年不見天日。這麼大的宅子只有一個佝僂老人獨居，每次老人上樓，樓梯就會發出有氣無力的嘎吱聲。

這群妖裡妖氣的桃紅貓被擺在古宅中最顯眼的位置，靜靜地看著家族興衰。後來老人死了，古宅和所有的家具都被變賣，直到清潔大隊來打掃房子時，才把這些沒有人要的桃紅貓送到二手市場。原本高高在上，既驕傲又狂妄的桃紅貓，怎麼也沒想到會有淪落到跳蚤市場的一天，因為不願意承認自己變成不值錢的二手貨，所以桃紅貓散發出強大的怨念。

當我帶回這兩隻桃紅貓時，雖然沒有使用說明書，更沒有任何明文規定，但我直覺牠們高高在上，我們應該要把牠們奉為上賓，但是當我把這件事告訴男友時，他不但說我想太多，甚至嘲笑我小題大作，根本不把我的話當一回事，隨手就把桃紅貓往地上一扔。記得我當時還提醒他，桃紅貓很邪惡，小心牠們來對付你。

後來桃紅貓真的發威了！

原本讓愛情增溫的旅行所帶回來的紀念品變成照妖鏡，後來我居然發現男友劈腿，兩人多年的感情最後也只能以分手告終。

知道男友另結新歡的當下，我立刻想到我的桃紅貓，果然不能惡劣對待牠們，否則牠們就會揭發你最不想被知道的秘密。雖然對我而言，離開一個變心的對象不是壞事，但當時的我並不想要這樣的結果，我甚至希望自己一直被蒙在鼓裡。

桃紅貓好像一直在暗中保護我，讓那些對我有惡意的人無所遁形，不管真相如何殘酷，牠們都毫不留情地要我睜大眼睛面對事實，無論我願不願意。

有空的時候，我會拿著舊牙刷梳理牠們的毛髮，神奇的是只要一梳，桃紅貓的毛色就會愈來愈亮，感覺牠們的魔力好像跟著變強，如果一陣子不去理會，毛色又會愈來愈黯淡，魔力也好像一點一點跟著消失……

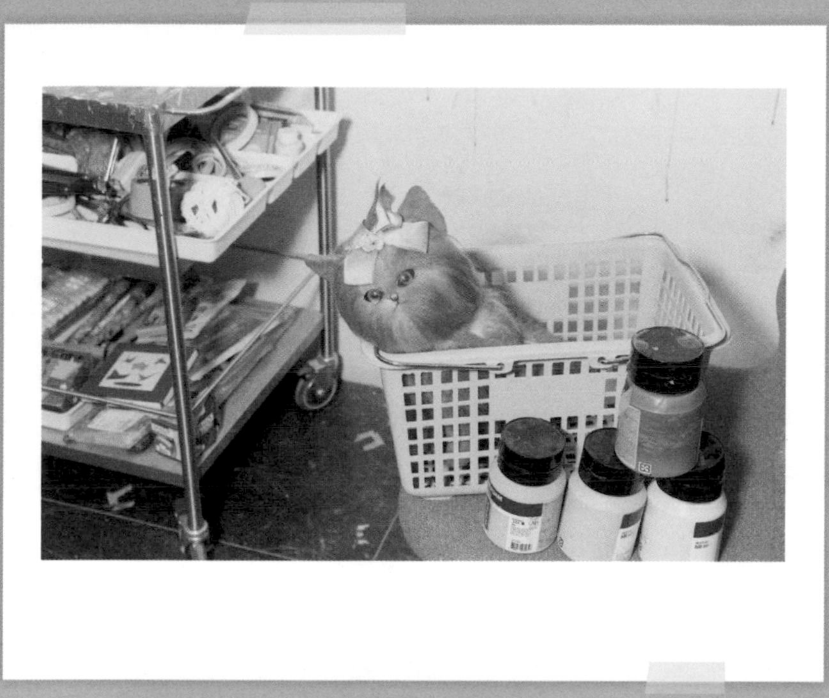

17 守在門外的好朋友

邊境牧羊犬

「嘿！不要過來！」第一個被嚇到的是管理員，陸續還有快遞員和查水表的人。

我的工作室外面只要沒開燈，就是一片黑漆漆，有一陣子我不時會在工作室裡聽到：「喝！」要不然就是：「喂！這邊有狗啦！」接著就會聽到誰大聲喊著：「有人嗎？有人嗎？」有些人還會嚇得轉身就跑。每次聽到他們倉皇的腳步聲，我就忍不住暗中竊笑，我知道這隻邊境牧羊犬真的是很認真在執勤，絕不是開玩笑的。

源自蘇格蘭的邊境牧羊犬，被認證為世界上智力最高的狗，可以長時間工作又非常能幹，可說是狗界的工作狂。最初朋友把這隻路邊撿來的邊境牧羊犬送給我的時候，我還真的有點嚇到：「牠也太像真的了吧！」如同真狗般一比一的身材，黑色的兩頰把眼睛襯托得格外明亮機靈，皮質的鼻子看起來像緝毒犬一樣濕潤。雖然蹲坐著，但前腳站立身體前傾的姿勢，處於隨時都可一躍而起的防禦狀態，加上頭部微傾，好像無論你怎麼變換位置，牠的眼睛都緊緊盯著你看，一副生人勿近的樣子，非常具有嚇阻作用，看起來就像是忠心耿耿訓練有素的軍人，時時都能迎戰入侵者。

朋友在路邊撿到牠的時候雖然很髒，但毛髮看起來還是十分柔順，耳朵大大的垂下來，感覺牠的個性很好，而且還很會保守秘密。比起我其他的娃娃，有些覺得自己很了不起，有些根本不在乎別人怎麼想，也有只求渾渾噩噩地過，再不就是傻乎乎的，另外有的則是很邪門，但這隻邊境牧羊犬則是我的收藏中最盡忠職守的一個。牠與生俱來的沉穩定靜，好像無論周遭發生什麼事，牠都能保持冷靜不受影響，從來不會冒冒失失。因為有牠在，娃娃們無論再怎麼躁動胡鬧，場面都不至於失控。牠也是我所有娃娃裡「實際年齡」（不是存在最久，而是換成真實歲數的年齡）最大的狗。

當初放在外頭只是想要讓牠曬曬太陽，沒想到牠一待就待了好幾年，忘記牠早就到了退休年紀，還繼續把守門的任務派給牠。有一天我意識到自己沒有把牠當成一個玩具或收藏在對待，而是把牠看成一隻真正的狗，我驚覺這樣不行，應該要讓牠進屋休息。

沒想到把牠帶進工作室後，牠像是洩了氣的皮球，失去原來活靈活現的樣子。我可以感覺到牠還是想要發揮牠的本領和天賦，雖然我給娃娃保留了一整面牆的空間，但這隻牧羊犬卻好像認為接近門口的區域才是牠的歸宿，是牠專屬的領地，我想終究還是會再把牠移到工作室門口，讓牠繼續牠的天職。

我的作息既不規律又不正常，有時候很晚才回家，但無論早晚晴雨，心情好壞，即使跟家人吵架、感情不順，再怎麼樣牠都在原地等我，就像是留給晚歸家人的那盞小燈。我進到工作室和離開工作室，最先和最後看到的都是牠，牠總是任由我來來去去，眼神好像在悠悠地說著：「妳回來啦」、「妳又遲到啦」，對於我的一切，牠都看在眼底。只要牠在，就讓我感覺自己被守護，被照顧。

記得爸爸病重住院時，好幾個凌晨我憂心忡忡一身疲憊地從醫院回家，一進門就見到牠在等我，怕自己會崩潰而刻意壓抑的情緒彷彿被牠看穿。牠雖然不能出聲，只是靜靜地陪著我，卻給了我很大的安定力量。

狗狗真的是人類最忠實的朋友，即使化身狗娃娃也一樣啊！

18

等待與我相遇

「他」撿到一個娃娃

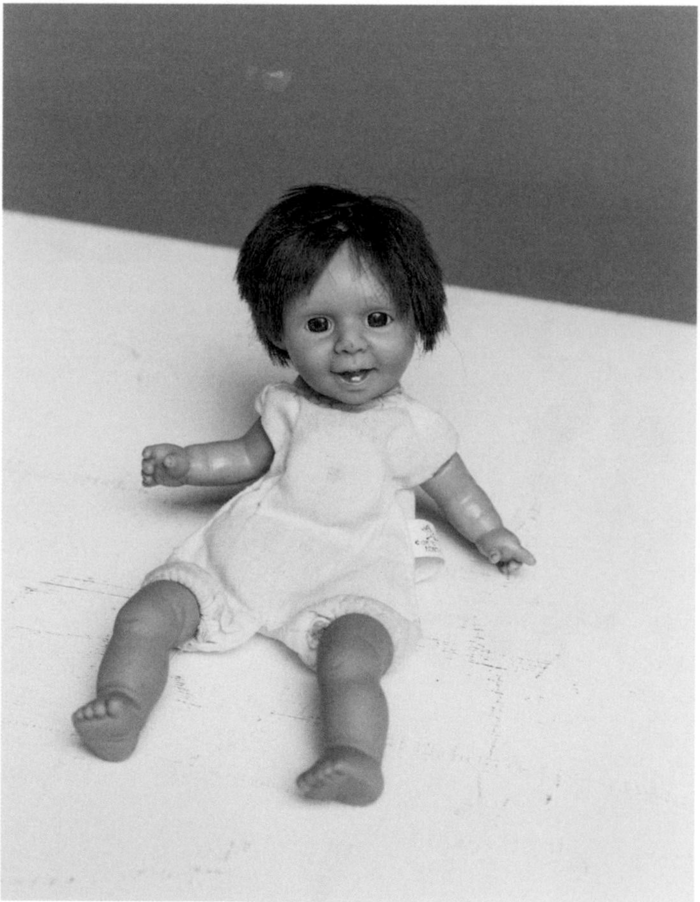

那是一個又濕又冷的聖誕夜，一大早就下起滂沱大雨，他穿戴整齊，趕著去公司開會。當他匆匆走出家門，卻發現路邊的水窪裡躺了一個不起眼的舊娃娃，看起來像是什麼人不小心掉了，娃娃濕透的頭髮黏在臉上，讓人心生憐惜。「怎麼會有人把娃娃落在這裡？」以前他從來不會留意這些，大概是聽我講過太多二手娃娃的故事，那天他居然會對著地上又濕又髒的小娃娃說話。

他蹲在路邊告訴娃娃：「如果我們有緣，妳等我今天晚上回來，只要妳還在這裡，我就帶妳走。」說完他就起身離開。誰知道後來一整天，他整個人心神不寧，腦海中不斷浮現娃娃躺在水窪裡的畫面，他擔心娃娃會不會被車子輾過去，或是被哪個調皮的小孩踢到路邊，說不定被饑腸轆轆的野狗當成食物叼走……早知道當下就應該撿起來，胡思亂想了一天，他只想趕快回家看看小娃娃還在不在。

當他回到社區，遠遠就看見小娃娃還躺在原地，他興奮地快步走過去，卻沒想到大白天看起來楚楚可憐的娃娃，這時定睛一看卻顯得有些詭異。他不知道如何是好，突然靈機一動，他想：「曲老師一定會喜歡這麼奇怪的東西！」於是便信守承諾把又濕又髒的娃娃從路邊撿起來。由於心裡還是有些害怕，所以他沒有直接帶她回家，而是把娃娃放在住家電梯旁的小窗台，然後在旁邊貼了一張紙條：「請勿移動。」

後來他把娃娃交給我，告訴我娃娃在路邊淋了那麼久的雨，加上待在水窪中一整天，都沒有人要帶她回家。可能是因為這樣，娃娃看起來有種劫後餘生的恐怖感，他特地提醒我不要害怕。

第一眼看到，我也覺得小娃娃讓人有點不安，所以沒有立刻把她納入我的收藏，而是帶回家交給我那天生大膽的媽。老媽果然沒在怕的，順手就把娃娃擺到客廳的電視櫃上，三天兩頭對著她大呼可愛。可能是老媽的溫柔融化了她，隔了一陣子，我發現小娃娃那股說不上來的恐怖感不見了，原本僵硬不已的肢體居然呈現又柔軟又放鬆的狀態，自在到以大字型的姿勢示人，每個人看到小娃娃這麼放鬆，都不免笑了出來。

再卑微的生命，對於生存這件事，都有與生俱來的意志與渴求，就連這個看似沒有生命、名不見經傳的小娃娃，也用她的方式展現求生的韌性，她在淒冷冬雨裡無聲吶喊，吸引他停下腳步。中間也許有其他人同樣留意到了這個娃娃，說不定還有誰也把娃娃拿起來看了看，也動過想帶她回家的念頭，但就像是命中注定，千里相逢，娃娃打定主意只願跟他走，或許是為了要與我相遇。

謝謝我的朋友，「他」是吳若權。

19 邪惡純屬虛構

恰吉

天色已經非常晚了，玩具店還透著微弱的燈光。「他還在嗎？」「該不會不見了吧？」當我愈靠近就愈心慌，直到進入店內，匆匆掃視一輪，架上果真一件玩具都不剩。我大失所望地問老闆：「恰吉呢？」他說：「就在那裡啊，他在等妳啊！」定神一看，才發現原來是燈光昏暗，而我又太心急，才忽略駐守在店內角落的那個身影。恰吉其實一直待在那裡，只是那一刻，他看起來蒼老了許多。

很多人覺得恰吉很可怕，但我一點也不這麼認為，因為恰吉的故事是被創造出來的，所以他的恐怖並不真實，只是被刻意塑造得讓人害怕。雖然他的臉在流血，手上還拿著刀子，一副隨時要大開殺戒的樣子，可是恰吉的內在並沒有生命。相較於我的工作室裡有很多娃娃是真的有過可怕的記憶，在恐懼中活了大半輩子，他們的眼神或表情所呈現出的恐怖，對我而言才是真實的。我買了好多個恰吉娃娃，就是因為想要印證這個想法，每次把恰吉和工作室裡的某些玩偶擺在一起，的確可以很清楚地對照出恰吉的邪惡純屬虛構。

我所擁有的好幾個恰吉中，只有唯一一個是二手的，從我見到他的第一天，到他終於跟我回家，我等了好多年。

忠孝東路附近的巷子裡曾有一家知名的玩具店，身為玩具收藏家，我很常去那裡添購歐美動漫公仔或知名設計師的玩偶。店裡有一個東西很醒目，存在感超強，眼神猙獰、齜牙咧嘴、臉上還有刀疤——他是恰吉比較早年的版本，頭髮是手工一根一根植進去的，也沒有二代以後的浮誇表情，我一直很喜歡。每次光顧都會跟老闆說我想要買他的恰吉，但老闆總說這是他還沒有開店前就有的收藏，開店之後，他還特地把恰吉放在財庫寶位，做為鎮店之寶。老闆再三強調，無論別人開價多少錢，他都不賣，一輩子都不賣。雖然老闆這麼說，但是我下定決心苦苦等待，我相信等久了，恰吉一定是我的。（並不是所有東西等久就能等得到，例如：男人。）

玩具店旁本來開了一間小吃店，後來小吃店老闆發現做生意一個月賺的錢，還不如租出去收房租，夫妻兩人也不用那麼辛苦，所以就把店收起來，當起包租公。玩具店的另一邊本來是一個賣香菸檳榔的小攤子，原本也是入不敷出，後來攤子收了，也把空間租給別人開精品店。幾年下來，周圍的店家換了好幾輪，附近的生活型態也有了很大的轉變。老式的理容院變成高級沙龍，進出都是高帥型男設計師和打扮入時的年輕顧客，傳統柑仔店也被二十四小時營業的連鎖便利商店取代。

隨著收集玩具的人口愈來愈少，加上網路購物愈來愈方便、出國愈來愈容易，玩具店的生意也跟著沒落。過去老闆會給客人看型錄勾選預購，還不時出國買進稀有玩具，如今貨架卻空空任由灰塵沉積；從前一有新貨到，總有好多客人在搶貨，但現在店面冷冷清清，早已不見當年盛況。

有一天我經過，心想怎麼這麼晚了店還開著？進去看見老闆正在忙著打包裝箱，一問才知道玩具店要收了，暗暗覺得有些落寞時，突然想到自己心心念念的恰吉，於是急忙問老闆：「那那個呢？」我指著駐守財位的恰吉。老闆說：「我想一想。」我連忙回：「好好好，但如果真的要賣掉恰吉的話，一定要賣給我喔！」老闆點了點頭。後來果然讓我等到，不枉這麼多年的守候。

玩具店擺放恰吉的位置正好被太陽直射，長時間日曬讓恰吉的髮際線日漸後退，皮膚和衣服也都跟著褪色。原本站得直挺挺的恰吉，經過那麼多年，好像也有點挺不住了，一臉邪惡的表情雖然還在，但駭人的威力卻大不如前。

老闆終於答應割愛的那一晚，曾經琳瑯滿目的玻璃櫃早已冷冷清清，只剩難掩老態的恰吉依然守在原地，彷彿氣力放盡地癱坐著，獨自度過玩具店最後一次打烊熄燈前的那幾分鐘。而那幾分鐘，感覺可以無限蔓延到永遠、永遠……

20 愛就是愛

同志娃娃 Billy

真心期待那一天到來！

在紐約下城西村（Lower West Village）的一家選物店裡，我第一次和Billy相遇，和他四目相望的那一剎那，我真的完全被他震懾住了，怎麼會有這樣的娃娃，轟隆隆的世界突然安靜下來，腦海中唯一浮現的話是：「Wow!」（謎之音：這也太屌了吧！）

金髮碧眼的Billy生得一張天使臉孔，陽光般的笑容和媲美小狗狗無辜純真的眼神，雙唇豐厚性感，俊俏的美人溝下巴，讓臉部輪廓立體又有個性。寬闊的胸膛連接著由發達的肱二頭肌與肱三頭肌所組成的厚實臂膀，腹部的八塊肌佐人魚線展現絕對的力與美，下半身則是令人垂涎的緊緻豐滿翹臀，與線條稜角如同刀切般結實俐落的大腿肌肉，再加上尺寸傲人的性器官。如此極致的視覺感官饗宴，我想無論是誰都會同意，Billy真的是太帥了！

Billy，是美國在一九九七年推出的同志娃娃，一上市就造成轟動，市場反應火紅。那一年我剛好去紐約，二話不說就帶了一個舊金山版的Billy回家。他穿著白T恤外罩格子連帽背心，下半身著深藍色短褲套上及踝短靴，胸前別著代表關注愛滋病的紅絲帶，脖子上戴著象徵LGBT（女同性戀、男同性戀、雙性戀、跨性別族群）的彩虹項鍊，驕傲地向全世界宣示他的信念和價值。

我相信廠商在事前做了很完整的市場調查，才能設計出這麼精緻絕美的同志天菜。除了我買的「舊金山」版，第一代Billy還有穿著海軍藍橫條上衣搭白長褲，戴上白色帽子的俏皮「水手」版；以粉紅細格紋襯衫搭配牛仔褲與牛仔帽，並繫上領巾的柔美「牛仔」版；戴著黑色圓盤帽，穿著黑色皮褲，上半身大方露出健美胸肌，只以兩條粗皮帶在胸前交錯，並在右手臂套上皮環的性感「主人」版。

因為大受歡迎的緣故，日後陸續又推出許多不同身分職業扮相的Billy，如多金帥氣華爾街版、和藹可親聖誕老人版等。有型有款的Billy即使放眼今日，也毫無違和感。對照現在仍然挫折不斷的性別平權運動，美國早在二十年前就推出同志娃娃，可說是非常前衛的象徵。

廠商乘勝追擊，在族群融合的概念下，於隔年推出更多版本的Billy外，還引介Billy的partner——波多黎各裔的Carlos。他和Billy一樣有著完美的身體線條與精實肌肉，我買到的是穿著黃紅相間波卡圓點長禮服的變裝皇后版Carlos，其他還有身穿格子棉布連身褲裝的鄉村小妞版，以及稍晚上市、穿著BPS物流公司制服的快遞人員版。一九九九年，繼Billy和Carlos之後，廠商再接再厲，推出非洲裔黑人版同志娃娃，也是Billy最要好的朋友Tyson。

同志娃娃的設計精細超乎想像，記得當時購買的時候，我發現Carlos的生殖器和Billy似乎有些不同，請教店員才知道原來Carlos來自開發中國家，當時他們的社會男性從小沒有剃陰毛、割包皮的習慣，所以Carlos和Billy的生殖器官看起來不一樣。

Billy的出現，讓許多同志可以更勇敢面對自己、成為自己，至少在選擇玩具的時候，不會只有芭比或肯尼那麼傳統刻板的性別想像。

Billy無懈可擊的陽光笑容，彷彿能夠融化這個世界的惡意與敵意。或許是較一般人更為艱難的成長經驗，讓他們選擇用強大的正能量來同理和溫暖對待他人。並非無視人生中不可避免的挫折或低潮，而是在那麼多阻礙中，還能試著找出事情本身的正面意義，保持積極，不讓自己陷溺在憂鬱，走出自己的路。

這個世界對同志或非異性戀的歧視還是到處可見，很多人對同志依然非常不友善，不但帶著歧視，有些甚至還會以強迫灌輸的方式來強調自己的正當性。我們的社會對於更開放包容的性別平權，還有一段相當漫長的路要走。

Billy同志娃娃從二十世紀末推出到現在，都已經二十一世紀了，同性婚姻在許多國家仍被視為禁忌。假設一九九七年美國同性結婚已經合法，Billy和Carlos說不定已經成家，搞不好在過了幾年婚姻生活，雙方也會因為難以敉平的歧異而決定離婚，就像異性戀婚姻可能面臨的各種情況。

如果我們能夠以平常心去看待，所有的愛情和婚姻其實都有著雷同的煩惱與難題，因為愛就是愛，無論一個人的性向為何，每個人都應該有選擇與相愛的人共組家庭的機會，在愛面前，人人平等。

21

為自己挺身而出

小牛布偶

那半年他給我很大的鼓勵，即使有時陷入撞牆期，他還是陪在我身旁。他四處走訪，花了很多時間才終於找到理想的出版社，還談到不錯的版稅。確認出版日期那天，真的開心到極點，幻想日後我們就是插畫界的神仙眷侶！

當你跟一個人談戀愛，彼此愛到一個程度的時候，常常會希望留下愛的結晶。所以有些人會去結婚，有些人會養寵物，有些人會生小孩。而我則是想和心愛的人共同創作一個作品。

當時我們的感情非常好，常一起逛書店，翻看那些圖文並茂的童書，兩個人突發奇想：我們也來做一本吧。

也許是處在戀愛中的夢幻感，或是年輕的傻勁，我們立刻付諸行動。兩個人共同發想故事架構和情節，我負責畫畫，他則主導對外溝通的行銷事宜，包括跟出版社洽談和進度掌握，最重要的是——做我最堅實的後盾，身兼頭號粉絲。雖然他不會畫畫，但是他總是給我最大的表現空間和自由度，讓我盡情發揮。

他當時買了各種造型的小牛布偶當作我的靈感來源，繪製的過程從草圖到線稿，黑白鉛筆稿到彩色完稿。一旦畫錯就必須換一張紙從頭來過，中間又因為調整了書本尺寸，我又花了兩倍的時間重新再畫，才終於大功告成。

封面定稿的前幾天，他問我作者要掛誰的名字？我覺得這有什麼好討論的，作者當然是我們兩個，至於插畫者自然掛我的名字。他說：「對啊，我也是這樣想，但是妳知道嗎？我身為一個男人，如果妳的名字在書上出現兩次，我卻只出現一次，我的家人會怎麼想？」我驚訝地說不出話。

繪本的內容確實是我們共同創作，主角小牛Milton的形象則是我一手打造的，所以他完全無法說服我。我覺得他怎麼可以這麼不講理，但是他說如果我愛他，就應該答應他的要求，讓他做個「男人」，雖然百般不願意，還是接受了他的要求。可惜我的退讓，還是無法讓這段感情維持下去，這件事成為我們日後分手的導火線。

就好像生完小孩後就簽字離婚一樣地痛不欲生，我既憤怒又悲傷，覺得他怎麼可以這樣對我，心裡埋怨他好長一段時間。直到多年以後，我不帶著情緒，理性平和地回想這件事，才發現問題不完全在對方身上，是我自己一手促成這樣的結果。

在過程中我有無數機會可以詢問他和出版社洽談的狀況，但我只是抱著駝鳥心態，以畫畫當藉口逃避面對現實的繁瑣，所以就算被賣掉也怪不了別人。而且這已經不是第一次了，以前念書時就常幫他做作業，讓他拿高分，或許我的內心早就知道他會這樣，只是我盲目選擇相信他。中間我有一百萬個機會決定放手，不要讓他變成混蛋，但我卻幫他找盡藉口，任由這件事情發展到最不可愛的結果。

現在看著這幾隻小牛布偶，我該生氣的對象並不是他，而是當年逃避責任的自己。一個人如果被另一個人操弄，與其去責備對方，為什麼不能為自己挺身而出呢？

Spontex

是的，我們都年輕也都荒唐，任信地
心疼妳[redacted]但這就是無悔的青春

BIG
BOY

♡"每當想起爸爸，我都會抱抱你"大紅熊"

可惜的是我明知道我們之間的問題
可惜的是，瑪德琳終究是一場悲劇

2002夏
費城之旅的紀念品~邪惡的貓
也是我們最後一次遠行

2008冬　謝謝小P+克晏
台北街頭撿回来的牧羊犬
"迅境"

ENSATION
Baby Alive
Baby Alive

CHAPTER 3：青春

22

於是，我們交換了青春

小女生的跳舞芭比

她想長大。我不想長大。於是，我們用二十七塊美金，在她家門前的台階上，交換了青春。

如果有人要我從上千個收藏品中選出一個最具代表性的娃娃，我第一個想到的一定是她。

二〇〇五年的夏天，我去紐澤西一個靠海的小鎮度假，那天早上我看到一戶人家正在院子裡辦Garage Sale。這在美國很常見，就是把家裡用不上的二手舊物拿出來拍賣，不僅環保，而且充滿尋寶樂趣。鍋碗瓢盆各種雜貨擺了滿地，我遠遠地就看到一個這輩子從來沒見過，目測至少有一百公分高的巨大芭比站在草坪上，當下我告訴自己，無論多少錢，我一定要買到她！

雜物堆裡站了一個中年大叔，我劈頭就問大芭比要多少錢。「二十七塊美金。」（折合台幣約七百元）大叔說。當下我毫不猶豫立刻掏出錢來，生怕他突然改變主意，沒想到大叔不肯收錢。他指著屋子的大門，要我把錢直接拿給他的女兒，因為這個大芭比是女兒的東西。大叔的反應是典型美國家長作風，很重視孩子的自主權，我想如果是台灣的家長，可能就不會這麼做。

我快步往大門走去，向屋子裡喊了一聲，一個十一歲，頂著一頭微捲淡金短髮，穿著T恤短褲，看起來稚氣未脫的胖嘟嘟小女孩跑出來，爽快地收下我的錢。我忍不住好奇地問她怎麼捨得把這麼漂亮的芭比賣掉，她說這是她最喜歡的娃娃，但是她長大了，人生要往前走，這個娃娃已經陪她夠久了。現在同學們都在討論化妝品、指甲油和捲髮器（那陣子美國突然很流行捲髮器），她也想要有這些東西，所以要籌錢。

「這不是普通的芭比喔！」小女孩掀起芭比的長裙，我發現芭比居然站在一個有輪子的台座上，「她是跳舞芭比，妳可以跟她一起跳舞喔！」一邊說，一邊示範給我看，小女孩就這麼自顧自地跟芭比轉圈圈跳起舞來。

跳舞芭比穿著水藍色緞面長禮服，上面綴滿了許多亮片，領口和裙襬各有一圈羽毛裝飾，一頭亮金色長髮，額前濃密整齊的劉海遮蓋不了湛藍眼珠深邃迷人的光芒，臉上帶著笑容，就連露出潔白牙齒的比例也無可挑剔。雙臂優雅地向外伸展，彷彿在向眾人邀舞，感覺平易近人，卻又像個公主般高貴完美。

有別於其他娃娃排排站在工作室的櫃子裡，她被安排在門邊，任何人一進門，就會看到大芭比親切地迎接。每次我從世界各地帶回新的娃娃，總要先把他們安置在大芭比身邊，她會跟新成員說明曲老師的為人，同時介紹這裡的老朋友們。說也奇怪，許多原本可能有過不愉快經歷，因而目露兇光或表情猙獰的娃娃玩偶，只要和大芭比相處一陣子，都會變得柔和許多。

大芭比也是我所有收藏中EQ最高的，她的情緒平穩，從不輕易表露自己的喜怒哀樂，永遠都笑臉迎人，大家都喜歡跟她親近，她可以替所有的娃娃代言，是我工作室的首席發言人。《康熙來了》找我去談我的二手玩具，她就是不二人選，因為只要有她在的場合，氣氛頓時就會熱絡起來，每個人都想跟她共舞，牽著她跳上一曲華爾滋，連小S都和她跳了一段呢！

23

張大你的眼睛

肯尼

二手市集裡的肯尼數量非常稀少，這些年來我大概收集了五十個左右的芭比，卻只有八個肯尼，這麼懸殊的比例似乎也反應了我身邊未婚男女的比例差距。我的八個肯尼中，除了盛裝肯尼得以有情人終成眷屬，其他七個肯尼看起來都還是一副玩心很重的樣子。這些肯尼們盡情享受單身的快樂，雖然常被誤會讓別人傷心，但或許他們只是想要快活度日，不願意安定下來，也不想被誰綁住。

看著這七個單身卻還不想安定下來的肯尼們，我想給女生們一些建議。要判斷一個人適不適合交往下去，有時候不需要太多時間，如果發現對方有以下徵兆，最好趕快走人，避免浪費青春。

這個來不及穿上褲子的肯尼，不免讓我想起那種Party Animal，只用下半身思考的男生，把自己當成一匹種馬，把愛等同於sex，總是告訴交往對象，不跟他上床就是不愛他。除了這種種馬，還有另一種花心男，在對你散發愛的電波之餘，也不放棄繼續對其他人放電，他熱中搞曖昧，一旦被質疑，就理直氣壯地歸咎於對方太主動，不是他的錯。就像這個不修邊幅的肯尼，看起來無辜又無所謂，完全置身事外。

有一種男生看起來中規中矩，開口閉口都要加上「我媽說」，這個穿著白高領上衣的肯尼（肯定是媽媽買給他的衣服），從來不知道如何拒絕別人無理的索討，無論是情感或金錢。這樣的人看似善良，其實軟弱，連自己都保護不了，如何期待他為妳負責，他過的不是自己的人生，而是媽媽的人生。

一個人的金錢觀也可以看出很多東西，在這個時代，在一起的兩個人都不應該抱持吃定對方的心態。但如果他對自己很大方，對別人卻非常小氣，跟這種愛計較又吝嗇的人在一起，數學可能會變好一點，但快樂肯定會大幅減少。如果他對自己和別人都一樣小氣，那就是把錢看得太重，過分重視金錢的人，不可避免一定會把生命中其他也很重要的東西看得輕了。

雖然把錢當命的人不是理想對象，但反過來那種不把錢當錢，喜歡打腫臉充胖子的人也不行。他們好大喜功，老是去做一些超出自己能力的事，愛面子，耍海派。這個肯尼穿著翻領荷葉大西裝，看起來貴氣逼人，其實就只有身上那一套唬得了人，底子裡也許虛得要命。

還有一種人最要不得，那就是說謊成性，他們給人的第一印象往往單純可靠，充滿陽光氣息，但深入了解後，就會發現他們的話三分真，七分假，甚至連自己都被他的謊話給騙了。

另外有種人把「自私」當成「自愛」，永遠把自己的需求放在第一位，從來不考慮別人的立場，凡事都以自己的利益為唯一考量，和這種人交往不是自找罪受嗎？

很多時候人並非不知道自己交往或喜歡的對象有這些問題，只是因為不願意接受事實，不想或者不敢做出改變，所以寧願用各種藉口來安慰自己。如果妳也是那個在等待肯尼的芭比，請切記寧缺勿濫，一定要張大妳的眼睛，不要招惹那些還不想定下來的人。如果已經交往了最好考慮放生，才能讓對的人找到妳。

24

不會長大的女孩

彩虹小馬

每個人的心裡，也許都住著一個小孩，有一點稚氣，卻充滿勇氣。

彩虹小馬的外型可愛又俏皮，牠們的大小不一、神情各異、色彩繽紛、昂首挺立，有些長了一頭豐厚飄逸的長鬃毛，或是披在額前，或是散在腦後，看起來風流不羈；有些則在頭頂冒出獨角，帶著一種遺世獨立的瀟灑自若，更特別的是，牠們的眼睛都如星星一樣晶亮，眼神洋溢著夢想的光芒，姿態像是隨時就要飛躍銀河。自然散發出的陽光氣息，像是一個調皮又勇敢的小男生；而螢光色亮粉漸層的七彩外型，卻又那麼的小女生。

很多小女孩特別喜歡幫彩虹小馬梳頭髮，對著牠說話，當牠是最親密的同伴。

第一次遇見彩虹小馬，就是在一個小女生的房間裡，那一年她還不到十二歲，我們兩個很投緣，每次去她的房間聊天，都會看到好多隻彩虹小馬在牆上一字排開，讓我印象深刻。當時我已經開始蒐集玩具，三不五時就會去逛玩具賣場，幾次觀察下來，我發現彩虹小馬的展示櫃前總是站了好多小孩，而且清一色都是十歲到十三歲左右的小女生。

我在想，什麼樣的小朋友會喜歡彩虹小馬呢？為什麼這個年紀的小孩會對彩虹小馬這麼著迷？彩虹小馬吸引這些小女孩的原因到底是什麼……

和不同的人交往，往往會反射出自己內在不同的面向，有時甚至會映照出沒發現到的自己。如果今天我和一個女性交往，可能會變得特別陽剛或是極度柔弱；如果我跟一個比我年輕很多的男性交往，我未必會顯得成熟，說不定反而變成一個超級愛撒嬌的小女孩。彩虹小馬有種迷人的魔力，我有陣子也跟著瘋狂地買了好多款，某一天，我突然意識到，收集彩虹小馬的自己，也許內心渴望的就是變回當年那個十一、二歲的小女孩。就像遇上彩虹小馬時，自己好像也變回當年青澀懵懂，對世界充滿疑問的那個小孩。

我個人還覺得彩虹小馬似乎有著性的暗示，無論是牠的毛髮、騎馬的想像，甚至是頭上長出的角，都可能是慾望的象徵。十歲左右的小女生，也是開始對性感到好奇的年紀。我慢慢可以理解，彩虹小馬對於剛要開始長大的小女孩，為什麼會那麼有吸引力。

我還記得十二、三歲的曲家瑞，初經來時一片混亂，臉上長了好多痘痘卻不知道如何是好，還曾經傻得用很燙的水來洗臉，以為可以緩解痘痘，反而讓皮膚更糟。那個年代，學校完全禁止男女同學有任何互動，社會給年輕學子設下重重限制。當時我好想了解自己的身體、自己真正的樣子，可是卻沒有人可以教我，沒有人來回答我的滿腹疑問。

單純的眼神、飛揚的彩色頭髮，看著永遠奔馳跳躍著的彩虹小馬，那些十二、三歲時沒能得到答案的問題，好像都在瞬間得到理解。

這個年紀的孩子，有些很特別的地方，他們即將脫離童年，即使依然保有稚氣，卻又有著許多大人缺乏的勇氣，因為對世界的認識還不太深，沒有太多恐懼。或許隨著年紀漸長，不可避免地會見識到世界殘酷的那一面，但至少當下對未來滿懷信心，相信生命有無限可能，彷彿也跟著彩虹小馬一起在天空飛翔，自由自在，大膽做夢。

25

我能夠給別人什麼？

沒有身體的法拉頭

二〇〇〇年左右，我姊在紐約報紙上看到一家玩具店出清拍賣的消息，文中提到有很多「法拉娃娃」要拋售，於是我姊抽空去了拍賣會。去到現場她非常驚訝，居然有整個倉庫的法拉娃娃，但都只剩下頭部。原來因為乏人問津，所以廠商把法拉娃娃頸部以下的身體拔走，拿去做其他娃娃，而剩下來的一大堆「法拉頭」，只好十幾個塞成一盒，廉價出清。

「法拉頭」其實是指美國知名女演員法拉佛西（Farrah Fawcett）的經典髮型，她在七〇年代紅極一時的影集《霹靂嬌娃》（Charlie's Angel）中演出而聲名大噪，劇中她的一頭波浪長髮更成為時尚指標。法拉頭是一款中高層次的長捲髮，髮尾以直立式向外飛揚的明顯捲度，打造出蓬鬆質感和浪漫韻味，當時女性髮型原本以直髮為主流，因為法拉頭才讓捲髮當道，後來甚至成為女性解放與堅強自信的象徵。時至今日，法拉頭仍是經典髮型之一。

小時候我們家三姊妹很常在扮家家酒的時候上演《霹靂嬌娃》，我姊演黑髮的那位，我妹則是棕髮的角色，而金髮的法拉就由我來擔綱，她帥氣的形象，從那時起就一直留在我的心中。《霹靂嬌娃》電視劇在美國播出時大受歡迎，二〇〇〇年還曾經改編成電影，當時三位女演員的熱門程度，可比今日台灣的女子天團S.H.E，任誰也想不到法拉這樣一個super idol做成的娃娃，居然有一天會被解體丟在倉庫裡，不見天日近三十年。

看著一大盒沒有身體的法拉頭，讓我思考「成名」這件事。

以前的大眾媒體不外乎廣播、電視、報紙、雜誌，如果這些平台不給你機會，無論多有才，也很難成名，所以當年的明星，除了要有外貌、要有才華、要有關係，還要有許多外在條件配合才能站上舞台。網路出現之後，每個人都可以選擇適合自己的平台，自由地表現自己，現在誰都可以把自己日常吃喝玩樂的資訊上網公開，只要有哏、有爆點，一夜之間都可能有十萬轟動，百萬點擊率，就連身為閱聽人的廣大網民，也化被動為主動，有更大的空間去選擇自己想接收的內容。

網路時代的多元開放，的確讓某些人找到立足點，他們永遠有用不完的點子和精力，可以不斷朝著浪頭奔去。有些人抱持的信念是即使不紅也要做，就算敗下陣來，死也要死在浪潮上，至少證明自己全力擁抱這個時代。有些人憑一己之力，一天可以拍一部片，在沒有團隊奧援的情況下，產製出許多大受歡迎的作品，效率比起電視台要強太多了。這些有影響力的網紅，用他們的創意和熱情，為年輕人示範了更多的可能性，真的非常難得。

當年我是一個沒沒無聞的老師，沒有受過表演的專業訓練，只因為對自己的專業有著滿腔熱血，加上一股傻勁和許多無厘頭的想法，誤打誤撞成為公眾人物。二〇一四年是我爆紅的時候，當時我的臉書粉絲團在一夕之間衝破三十幾萬，我覺得自己好強、好厲害，隨便一篇貼文都有上萬個分享，每天粉絲都追著我要東西，我也不亦樂乎地一直給。那時候我一天到晚上節目，通告排得很滿，還受邀在電影裡客串演出，甚至也拍了廣告，但是突然有一天，我意識到自己不能再隨意搞笑耍嘴皮，因為開始有人來問我嚴肅的問題，萬一說了不恰當的話，可能會誤導很多人。

於是我開始停下來思考：我能夠給別人什麼？我對得起自己嗎？我是不是活得像自己要的樣子？

現在網路上一有什麼好玩有趣的，大家就趕忙互通有無，一下子就廣為散布，但我們永遠看到的都是成功的、當紅的，那些已經不紅的、過氣的，大家根本連討論都懶得討論。當年《霹靂嬌娃》那麼紅，對照「法拉頭」的淒涼現況，曾經大家可以那麼瘋狂地喜歡，但也可能非常無情地轉身，就像很多人都渴望爆紅，但爆紅的同時也意謂著有隨時被拋棄的風險，莫名其妙來的，往往也會措手不及地走，快速崛起的什麼，永遠不會是經典，一旦有新的就很容易被沖刷下來。然而唯有持續經營，舞台的燈才會永遠為你亮著。

做自己熱愛的事情很重要，如果樂在其中，就會不計時間不計成本的投入，不求回報。就算被觀眾遺忘，只要持續去做，回歸初衷，無時無刻讓自己歸零，不斷追求成長，就算浪潮退了，也知道如何把自己找回來。

相信自己，你一定會紅！

26

榻榻米上的年少輕狂

小豬布偶

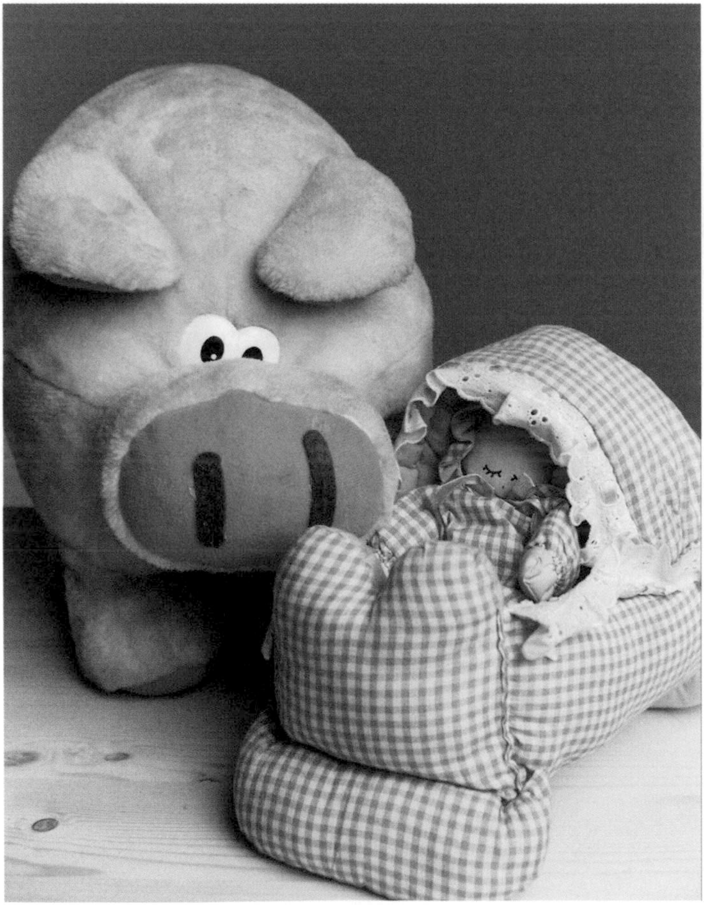

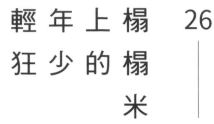

我隻身一人去她的租屋處找她，坐了好久的巴士，中途還要轉車，好不容易終於到了遠得要命王國，還要再走一段路，才抵達她所在的老舊公寓。摸黑爬樓梯進到她家，空蕩蕩的沒什麼家具，臥室地板上只有一張像是榻榻米的墊子，一個還在襁褓中的baby躺在上面，一隻粉紅色小豬布偶依偎在baby身邊。直到現在，我都忘不了，那一次我和她坐在榻榻米上的情景。我們有很多話想說，卻不知從何說起……

我身邊一直都有一些與眾不同的朋友，我喜歡他們，每次跟他們玩在一起，我就像是他們的跟班。中學時代，有一個外貌出眾，而且家境優渥的同學，大家都很羨慕她。每次跟她走在台北東區，不時會有星探過來搭訕，在MV還不太普遍的年代，她已經拍過幾支作品。她的身邊總圍繞許多追求者，每次見到她都帶著不同的男生，就連夜生活也非常熱鬧。可能因為這樣，她書也念得有一搭沒一搭的。

中學畢業後我們都去美國念書，有一年寒暑假回台灣，她告訴我她跟當時交往的男友一起在夜市擺攤賣鞋，雖然她知道爸媽不會喜歡這個男生，但她還是執意交往，而且開始常常不回家。她的父母很擔心，總會問我他們的女兒去了哪裡，但我也不知道該怎麼說。

有一年冬天我們在紐約見面，看到她的時候，直覺她好像變得有些豐腴，和她原來的身形不太一樣，但是我沒有多問。現在想想，也許她當時希望我能主動關心，可惜我沒有。

聽到她因為懷孕而休學的時候，我已經跟她失聯了。不知道是不是家人反對，還是實在太愛男友，總之她義無反顧拋下一切，有點狠心地完全斷了跟所有人的來往，等她爸媽知道消息時已經找不到人，所以還有點怪我沒能早些讓他們知道。人海茫茫，她的父母也只能算著日子，猜想女兒可能的預產期，希望有一天女兒能回心轉意。

隔年暑假回台灣，我竟然接到她的電話，找我去她家。等我們終於見到面，我才知道眼前這對小夫妻要養孩子有多不容易。她先生為了她和孩子的生活，一個人做兩份工，還兼差開計程車，看得出來生活很拮据。我當時極力勸她要跟家裡聯絡，她只推說時間還沒到。那時我已經確定自己要往藝術的路前進，看著她坐在簡陋住處裡的榻榻米上，女兒身邊只有一隻粉紅色小豬玩偶，其他什麼玩具都沒有，我真的無法想像她過的是什麼樣的生活。明明我們一起出國念書，一樣擁有大好前程，為什麼她會走到這一步呢？像她這樣的女孩，可能美得太早太強烈，一下子被太多人看見，才讓年輕的她迷失在眾人的眼光中，無法靜下心來思考自己真正想做的事情、真正想要的人生。

很多年後，故事有了圓滿的結局。一路走來的苦日子把她的鋭氣磨掉了，她重新和家裡聯絡，爸媽也早就打開心結，看到女兒和孫女都非常高興。後來她和先生回到美國繼續完成學業，一家人現在定居在洛杉磯。

幾年前她突然拿了一袋二手玩具給我，當年的那隻粉紅色小豬布偶就在其中。每個人總有想記得和不想記得的事，但不想記得的事卻常常忘也忘不了。那幾年辛苦的歲月對她來說並不好過，這隻小豬布偶在她什麼都沒有的時候，陪著她和女兒一起走過來，而我是少數在那個時間，去到那個空間，見證她當時艱苦的人。也許就是這樣，她才會想到把這個小豬布偶交給我，讓那段時光的笑與淚就此封存，而我就像是一個保管記憶的人。

每次看著小豬布偶，我就會重回當年那個在遠得要命王國的小公寓。那個幽暗房間內的榻榻米上擺放的，可能不只是一個女孩的年少輕狂，還有人生不知所向的困惑吧。

27

每個年紀都是最棒的年紀

盛裝肯尼

有一陣子我常和學生去逛重新橋下的週末二手市集。那一天，在一個阿伯的攤位上，我看到一個裝扮隆重優雅的華麗芭比。她有著一頭豐盈的白金長髮，襯得一雙藍眼珠格外深邃晶亮，上衣剪裁簡單大方，深藍色絲絨材質彰顯出她的獨到品味，下半身則是銀色壓紋布料精心縫製而成的及地長裙，腰上繫著畫龍點睛的銀白大蝴蝶結，呼應在髮際頸間搖擺的銀色格紋長耳環，看起來就是一個萬事俱備，只欠男主角的待嫁芭比。雖然如此，她卻沒有穿上婚紗，反而讓我覺得她身邊應該有個人陪伴。

因為有了這個盛裝待嫁的芭比，所以後來我去逛二手市集或舊物店的時候，都會特別留意，看看有沒有合適的肯尼，希望能幫盛裝芭比找到命中注定的那個人。

一次偶然的機會，我在倫敦的一個二手市集看到穿著全套淡藍色絲絨西裝，內搭嫩粉、鵝黃、海藍三色直條襯衫，繫著金黃領帶的肯尼，我立刻想到工作室裡的盛裝芭比。直覺兩個人非常登對，除了衣著外表的相配之外，這個肯尼散發一種氣息，讓我感覺他和盛裝芭比似乎活在同一個時空，屬於同一個年代，市集裡雖然還有其他肯尼，但我的直覺告訴我，家裡的盛裝芭比，身旁應該站的那個人就是眼前的這個肯尼。

把盛裝肯尼從英國帶回台灣之後，我趕忙讓兩人相會，當他們並肩站在一起時，無論身高、衣著、笑容，甚至是由內而外呈現的氣質，都非常協調，更神奇的是當兩人面對面時，肯尼正好可以吻到芭比的額頭，而他雙手環繞的姿勢，居然不偏不倚地牽起芭比的手；芭比看似抱著什麼的雙手，則自然而然地托住肯尼的腰，兩人似乎正在翩翩起舞，有很多話想跟對方說，卻又不知從何說起。

自此我一直把他們擺在一起，總跟別人介紹他們是一對佳偶，無論我的工作室如何整理改建，每次重新擺放玩具時，他們永遠緊緊相鄰。雖然他們看起來很快樂，但我心裡隱約卻聽到盛裝芭比不斷在吶喊：「比起另一半，我更想要自由。」

很多人會覺得只有找到那個人，生命才會完整，但盛裝芭比似乎不是這麼想，這麼多年來她一直獨立生活，把自己打點得非常好，雖然也期待有一天對的人能夠出現，兩人可以共組家庭攜手一生，但她已經獨處太久，早就習慣自己一個人，甚至覺得相較於兩人世界，單身生活反而輕鬆自在，不必勉強自己妥協。

如果你對婚姻抱持期待，我的忠告是：「不要對適婚年齡設下底線，除非已經遇到對的人，否則千萬不要逼自己趕在幾歲以前結婚。每個年紀都是最棒的年紀，只要人對了，無論幾歲結婚都可以很滿足很幸福。所謂適婚年齡，往往是他人的期待，自己不需要為了滿足他人，而背負沉重的壓力，沒有另一半的人生也可以活得很好，活出自己。」

我相信什麼年紀都有獨特的美，記得我五十歲那一年，還曾應婚紗雜誌之邀，穿婚紗拍照，後來還成為當期雜誌的封面，只要有信心，無論幾歲，都可以是最美的新娘。

C2260
A4

28

夢想中的家

被遺棄的玩具屋

那天，在車來車往的市民大道上，我路經一堆等著被回收的破舊家具，眼角掃到一個色彩鮮豔的東西，打開發現居然是一個精美的三層玩具屋，屋內不但設備齊全、裝潢華麗，甚至還有私人游泳池，只要扣上開關，就能隨身帶著走。這樣的玩具屋通常要價不菲，應該是進口貨，感覺上住在這個房子的人，肯定是人生勝利組。

我之前還撿過另一個二手玩具屋，是一個「女生的房間」，牆面漆上甜美粉紅色，裡面最主要的家具就是梳妝台，桌上只有化妝品，而一旁的窗台上則站了兩隻love birds，整個屋裡不但沒有電腦也沒有書，就連牆上的時鐘好像也只是為了提醒跟男朋友約會的時間。

一般而言，這類玩具通常是給七、八歲，已經能夠提得動玩具屋，而且開始懂得思考的小女生玩，但透過這樣的屋子去衍生編織的夢想往往極度缺乏想像力。這些玩具似乎暗示小女孩，人生只要打扮得漂漂亮亮，坐在家裡等情人上門就可以了，身為女人就該以能夠住進這種房子為目標。

人生當然不是如此。小女生以為長大就能住進豪宅，但成年後才知道根本買不起；以為只要坐在窗邊男友就會靠過來，但現實是在暗戀的人面前站到腳都痠了，對方也沒有看自己一眼。玩具屋所呈現的，只是諸多人生選項的其中一種，但我們的社會還是用如此刻板的觀念來教育女孩子。現代女性的人生模組早已經有了千百萬種可能，但這樣的玩具，坊間還在販售。

從小我們就被灌輸男生要勇敢，女生要溫柔；男主外，女主內，才是經營家庭的「正常模式」。小時候我家也是這樣分工，爸爸每天早上提著公事包出門賺錢，媽媽在家照顧小孩，偶爾跟朋友去喝下午茶。如果我爸需要請客應酬，我媽就打扮得漂漂亮亮，安靜地坐在旁邊。其實我媽媽是個很聰明的女人，但她從不會表現出來，她永遠一頭捲髮，穿著優雅，輕聲細語，我從小就很排斥像我媽媽那樣過日子。

記得在路邊發現玩具屋的當下，我有點不可置信：「這不是每個女孩夢想中的家嗎？就算家裡太小放不下，誰會捨得把它丟掉呢？」如果原來的主人是因為明白了玩具屋背後所隱含的生活不是人生唯一選擇，所以才把它丟掉的話，我會覺得比較欣慰。人如果很年輕就過起玩具屋所勾勒的人生，日子可能會變得很沒勁，除了害怕失去擁有的一切而畏畏縮縮，也可能被無窮無盡的欲望淹沒，永遠沒有滿足的時刻。

也許有人會說曲老師是因為嫁不出去，所以才這麼想，要不然怎麼會在路邊看到別人不要的玩具屋就高興地帶回家，這麼說我也無法完全否認（唉～）。我小的時候的確也曾經想過是不是聽爸媽的話，走大家走的路就好，但長大後知道人生並不是這樣。我是直到人生有了更多歷練，對自己更有信心之後，才會想要把這樣的東西找回來，但也只是用來懷念曾經單純天真的自己，和那段無憂無慮的童年時光。

現在我的心態成熟，懂得自己要什麼，也知道自己可以給予的是什麼。當女人愈來愈獨立，就不一定要靠男人才能擁有夢想中的家，女生可以自給自足，甚至也有能力給另一半一個理想的家，或是和對方共同打造夢想中的家。

如果讓我來設計一個玩具屋，房間裡一定要有筆電，有我自己的畫架和顏料，我喜歡的書，還有我多年收藏的二手玩具，衣櫃裡除了T恤、牛仔褲、工作場合要穿的洋裝，還有參加party時最流行的行頭。房間內一定會有工作桌，桌上擺著我教學多年終於得到的優良教師認證獎座，窗台上展示我走遍各國帶回來的紀念品，以及陪著媽媽世界旅行時拍下的照片。窗外等著我的是無限可能，隨時換上慢跑鞋，我就可以推開房門追逐夢想（順便追男人）。

你也有理想的玩具屋嗎？你會在裡面擺什麼呢？我相信一個人理想中的房間，可能就是自己想要成為的樣子。

29

第二印象

不是要來嚇人的黑貓

收到這隻黑貓時，心裡有說不出的失望。

喜歡的對象從紐約傳來訊息，說我會收到一個很棒的禮物，要我務必在家等著這份千里迢迢寄來的驚喜。他說得那麼神秘，不禁讓我幻想，是不是在台灣沒能表達的心意，等去了美國才知道我的好。該不會是枚戒指吧，我在心裡偷偷期待著。

禮物送達時我興奮地打開超大箱子，好不容易將保麗龍球清空，竟然看到一隻髒兮兮的黑貓，目露兇光，張牙舞爪，加上活靈活現的肢體動作，簡直邪門到不行。我的腦海中浮現「妖孽」二字，一度以為這是萬聖節的惡作劇，但明明都已經一月了。

隔了幾天，對方問我收到禮物了沒，我說「嗯」，但他絲毫沒察覺我的冷淡，還在電話那頭興匆匆地告訴我他是怎麼買到這隻黑貓的。

紐約的冬天很冷，那天他路經一家二手店，覺得似乎有誰在召喚他，抬頭看見一隻手長腳長的黑貓，立刻讓他聯想到我，還以為是我站在店裡。他直覺這隻貓最好的主人就是我，想把牠買下來，但老闆說還有別人也想要，所以要競標，我猜他大概出了一個不低的價格才標到。

最初我其實滿怕這隻黑貓的，但送禮的人是我喜歡的對象，所以即使剛開始我常常被牠嚇得往旁邊跳開，總覺得牠討厭死了，我還是決定把牠放在書桌旁。我想起初會這麼不喜歡這隻貓，完全是因為對這份禮物的期待太高，送黑貓的人是我很喜歡的人，不斷強調這個禮物是個大驚喜（原來是箱子很大），所以我過度美化了期待，才會在收到時失望透頂。很多人會直接丟掉不喜歡的東西，但我認為再怎麼樣總要試著去了解，就算最後還是合不來，也要知道原因是什麼，至少有努力過。曾有一個粉絲說他有一個不吉利的娃娃不知怎麼處理，我建議他幫娃娃轉個方向，讓娃娃面向窗戶，站在曬得到太陽的位置。

而我的功力比較高，我就逼著自己凝視這隻黑貓的眼睛，約莫過了三個多月，情況有一些轉變。原本兇惡的眼神露出一點溫柔，雄赳赳的牠也曾被我踢倒，四腳朝天的模樣引人發笑。這才發現，我的恐懼不知何時早已煙消雲散，牠不過就是一個被黑色絨布包覆的動物造型塑膠結構。

原來世上的一切存在都有意義，對一件事物的喜愛或討厭也不會是永遠，某個時機點，人的心意可能就會翻轉過來。之後我受邀參與時尚品牌辦的跨界名人攝影展，我刻意帶了這隻貓玩具去攝影棚，沒想到跟牠一起拍出來的照片效果好極了。我直視鏡頭，牠的目光直直凝視著我，毛色黑得發亮，豎起的尾巴正好形成一個光環套在我頭上，我就像名畫裡被擁護的聖女。

一直以來，別人對我的第一印象都覺得我很嚴肅，和我講話會覺得我有些咄咄逼人，但花時間和我相處後，就會感受到我不如外表那樣有距離，樂於傾聽和陪伴。就像這隻貓，一開始看覺得牠攻擊性很強，但時間久了卻發現在外表的霸氣之下有著溫馴纖細的一面。我甚至覺得牠在我的工作室裡是引領時尚潮流的角色，一身酷炫黑，又有名模身段（就像我一樣）。

每一個娃娃，都是來教我關於一件我需要學會的事情，我想這隻黑貓讓我發現了牠的「第二印象」。雖然現在讓我再選一次，我還是希望收到戒指，但最後留在我身邊陪我的，終究還是這隻貓。

30

他們說女生應該要怎樣

芭比娃娃

來到我工作室的芭比，很多都已經破損毀壞，有些看起來垂頭喪氣，就好像不同的女人在不同的年齡，有過不同的人生經歷之後，所呈現出的千萬種眾生相，她們有的獨立、有的陽光、有的陰鬱、有些已婚、有些未婚，雖然再也沒有青春正好的姿態，卻展現出一種只有在人生困頓中打磨碰撞後才能有的光澤，個個都彷彿經歷了一段自我覺醒的過程，是一個女孩要變成女人所必須經歷的人生。

她舉止得宜，打扮得體，從頭到腳，由內而外，都那麼完美無瑕，像個大姐姐，從來沒有情緒，永遠讓自己做到最好。無論在學成績、人際關係、事業職場、家庭生活，對她而言都遊刃有餘，甚至不需要尋尋覓覓王子就會自動降臨，時時處在最佳狀態，隨時準備迎接幸福人生。她從來沒有低潮，一生未曾呼救，再怎麼樣也不會無精打采，總是抬頭挺胸，像個遊走各國的大使。好多小女孩小時候都以芭比為人生典範，期待自己也能活出芭比的樣子。

正因芭比被設定建構得太過符合傳統社會對於理想女性的刻板印象，所以也有很多人討厭芭比，認為芭比是男性沙文主義用來宰制女性的幫兇，是保守社會束縛女性的象徵，指控芭比以柔美單純毫無防備的天真模樣來誤導女性，特別是喜歡芭比的很多是稚齡小女生。在她們開始認識世界，發展自我認同，產生性別意識之際，陪在她們身邊的如果是有著婀娜身段、曼妙曲線、精緻五官、完美妝髮、甜美笑容等用來滿足諸多男性對於理想女性要求的芭比娃娃，很可能讓小女孩在潛移默化中以為非得擁有跟芭比一樣的外貌和設定，甚至連對象也要效法芭比，找一個又高又帥又開朗的肯尼，才是女性獲得幸福人生的不二法門。

關於種種對於芭比的指控，我個人認為不盡合理。其實芭比的形象是被設定的，她並沒有選擇的權利。美麗的外貌雖然是她的優勢、是她給人的第一印象，但某個角度也成為她的悲哀與限制，是她擺脫不掉的枷鎖。因為典型的芭比形象，很多是根源自主流社會對於女性的期待與想像，當這些期待與想像完全集結在單一個體，她們必然承受極大的壓力，因為無時無刻活在眾人的眼光中，是一件非常沉重辛苦的事。

開始收集二手玩具後，每次在世界各地的跳蚤市場，只要看到芭比，我都會盡量帶回來。至今我總共找到數十個二手芭比，她們各自有著不同的膚色、髮色、種族、國籍……等背景與身分，從事model、運動員、高階主管……等各種職業，她們很多都是小女孩童年時的玩伴，小女孩長大之後不想要了，就把陪著自己長大的芭比娃娃丟棄。每每看到她們，我總有一股憐惜之情，雖然她們不像全新芭比那麼精緻美麗，這些曾經光鮮耀眼的芭比們奉獻出自己燦爛的青春，陪著主人成長，隨著時光流逝，終究難逃歲月催人老，一個一個變得陳舊殘破，甚至有些還斷手斷腳，可以想像她們是如何地被蹂躪摧殘，等到破舊不堪，就被拋棄丟掉，終至淪落二手市場。

這些芭比給了別人太多，卻忽略了自己，任務完成之後，下場就是被丟棄，那恐怕是她最不想被看到的樣子。對於這些芭比來說，人生一開始被設定得那麼完美，一輩子都在取悅別人，盡心盡力完成自己的使命，但老了舊了就被主人任意丟棄，她們心裡一定非常恐慌。

她們既要陪伴我們，又要保護我們，還得安慰我們，到後來她會不會忘了自己是誰？她會不會模糊了自己本來的面貌？所以我把她們帶回工作室，給她們一個喘息重生的空間，重新陪她們度過接下來的日子，讓她們洗掉表面的東西，正視自己的需求，展現真實的自我。每一個來到我工作室的芭比，都被允許不用那麼完美，可以有情緒失控的時候，也會有各種心機手段；可以更放鬆地感受喜怒哀樂，不必時時硬ㄍㄧㄥ在那裡。

芭比娃娃的歷久不衰一定有其意義，多少娃娃的出現是為了取代芭比，但這麼多年下來，沒有誰能真正擊敗芭比，更別說要取而代之。除了美麗的外表，芭比還非常有內涵，她有著絕佳的品味，懂得在什麼場合說什麼話、做什麼事、穿什麼衣服。她也是最沒有種族歧視的娃娃，不但有各種膚色、人種、職業……甚至能與時俱進，回應時代變化，例如今日女性的身形比起幾十年前要更高大，所以最新版的芭比肩膀也跟著加寬，甚至還推出健美版、豐腴版的芭比，就連她的站姿也不像以前那麼怯生生，而是充滿自信仰首站立，展現積極擁抱世界的意志。

誰說芭比是女性自我矮化自我限縮的象徵，在我看來，內外兼具的芭比，絕對是最懂得生活，能讓自己活出最多滋味的現代女性！

CHAPTER 4：眼淚

31

錯過，反而更美好

被墨西哥工人買走的洋娃娃

夕陽的橘紅色光線，毫無遮蔽的映照在二手店外那面巨大的白牆，彷彿一盞spotlight正對著站在白牆前的人投射。那是一個矮胖結實、穿著陳舊的墨西哥大叔，他小心翼翼地伸出因為過度勞動而長滿了繭的粗糙雙手捧著那個大娃娃，像是捧著全世界最柔軟的什麼，感覺充滿無限關愛。他不時抬頭望向遠方，然後若有所思地低頭凝視手上的娃娃，孤身沐浴在淡黃色光暈中的墨西哥大叔，美得像是一幅畫。

一走進那家洛杉磯的二手店，一大一小穿著連身短裙，外罩深紅色大衣，頭髮梳得整整齊齊的兩個洋娃娃立刻吸引了我的目光，尤其是大娃娃深邃的雙眼，我一看就愛上。我問老闆如果兩個一起買，能不能給點折扣，老闆說沒有辦法，於是我就想先逛逛再決定要不要買。

沒想到逛了一圈回來，大娃娃居然不見了。人就是這樣，一旦發現可能得不到，就會格外想要。我四處張望，想找出誰拿走了大娃娃，居然看到一個滿臉鬍碴，身上滿是灰塵的墨西哥工人，拿著大娃娃坐在一旁動也不動地直盯著看。每次跟我搶娃娃的都是小孩子，所以我去二手店總刻意打扮得很樸素，跟小孩爭搶玩具就比較沒有問題。這是第一次，跟我看上同一個玩具的人是個大叔。

透過置物架的間隙偷偷觀察，我心想：「他應該不會買吧？只要他一放下娃娃，我就要馬上把她帶走！」我心裡打著如意算盤。而且為了以防萬一，我也把小娃娃拿在手上。誰知道再繞一圈回來，墨西哥大叔竟像定格一樣依然抱著大娃娃。我只好再去繞一繞，這次回來，大娃娃果然被擺回原位，我很高興地拿起來仔細端詳，沒想到他又走過來了。天哪，這個大男人有沒有那麼執著，竟然會對娃娃念念不忘。

「他真的很想要這個大娃娃吧！」在那個當下，我轉念一想，其實自己已經有好多娃娃了，即使買到她，也只是我眾多收藏中的其中一個，雖然我真的很喜歡（內心想著非要不可），但這個墨西哥人看起來並不是經常會買玩具的人，如果他對這個娃娃情有獨鍾，我為什麼不割愛呢？於是我裝作若無其事地放下來，付了小娃娃的錢，就走出二手店。

當友人載著我要離開停車場時，我看到他站在店外的白牆前，眼前這個看起來非常靦腆的墨西哥大叔，穿著灰撲撲的工作服，頭臉都沾著塵土，可能是剛收工想來買點生活用品，結果卻花錢買了一個娃娃。雖然這個娃娃不是很昂貴，但對他來說可能已經是奢侈的花費。我感覺他有好多話要跟娃娃說，娃娃也許很像他在家鄉的女兒，又或許他想要把娃娃送給女兒當禮物，當他看著娃娃時，我都感覺得到他毫無保留傳遞出的那股非常強烈的愛。

很多墨西哥人都是隻身一人非法入境去到美國打工，常常看到他們在路邊一臉無奈地舉著「應徵臨時工」的牌子，等待有誰來分派勞務，好賺取微薄報酬。這些人沒有身分，被迫處在社會的最底層，可以想像他們一定非常想念家人，對於未來恐怕也不敢有太多期待。那個落日餘暉的時刻，看著墨西哥大叔孤單又溫暖的身影，我深深感謝自己當時把娃娃讓給了他。

抱持善意所作的決定，就是最好的決定。我沒有買到那個娃娃，卻獲得了更可貴的禮物，提醒我就算生活再怎麼辛苦，人依然能擁有愛、付出愛。有時候錯過一個東西，未必是件壞事，錯過本身可能帶給我們的，說不定遠比錯過的那樣東西還要更豐富、更美好。

32

破碎的美國夢

繫著藍蝴蝶結的短髮娃娃

娃娃甜美得像個小天使，身上有著對比卻又協調的少見配色，給人一種馬戲團的歡樂氣氛。這個黑色短髮上繫著藍色蝴蝶結，身穿藍上衣、藍褲襪，外罩一件橘色短裙的可愛娃娃，是我在法國巴黎不知名的街頭，用幾塊歐元跟一個東方老太太買的。但讓我感到衝突的，是這個東方老太太身邊雖然站著這麼快樂的娃娃，她晚年卻獨自一人在異鄉行乞。

老太太身旁擺著幾件舊貨，一邊賣東西，一邊向路人乞討。每次我在歐美遇到亞洲人，總會刻意多聊幾句，如果對方也會說中文，就會感到特別親切。但這個東方阿婆卻讓我有點心酸，我很好奇她究竟有過什麼樣的際遇。

很多人都有移民夢，想著離鄉背井出國打拚，人生可以一切從頭開始，奇蹟會出現，好事會發生。許多人總認為外國的月亮比較圓，我住在美國紐約那幾年，遇過很多非法移民。曾經見過一個台灣女人，隻身到美國幫傭，卻把賺來的錢統統寄回台灣給好賭的丈夫。後來為了幫丈夫躲債，她只好離開雇主，陪著丈夫一起在美國跳機，從此變成非法移民，做著不見天日的工作，不知道何時才能脫離躲躲藏藏的生活。

決定去一個新的地方重新來過，的確需要很大的勇氣，很多外國移民初來乍到，人生地不熟，語言文化都不通，總會經歷一些不平等的對待。多數的第一代移民家庭，會有一段時間過得很辛苦，不少人都要等到第二代，甚至第三代，才能真正融入社會，但過程中付出的代價可能超乎想像地大。

我大學有個韓國同學當年全家人決定移民美國，爸爸媽媽各自放棄了大學教授和藥劑師的優沃工作與安穩生活，雖然他的父母都受過高等教育，但到了美國卻找不到工作，只好在紐約的韓國街上賣炸雞。後來爸爸因為受不了每天在油煙中過活，心裡怨恨媽媽當年作了全家移民的決定，索性離家出走，只留下一個破碎的家庭。

一九七九年，我一個小學同學的父母把原本在忠孝東路精華地段的房子賣掉，出清所有財產移民美國。但到了美國之後因為語言不通找不到工作，一家人只能坐吃山空。當初家族中只有他們家賣掉房子離開台灣，如今家族裡的叔叔伯伯靠著祖先留下來的房地產，個個都很富有，日子過得非常逍遙，他的爸媽只能對自己當年的決定深感懊悔。

很多人把異國生活想像得太美好，但外國夢並非總是盡善盡美，箇中辛酸只有親身經歷過的人才會知道。我有個朋友在台灣有很好的工作，卻一心想要嫁到外國，後來真的遠嫁他鄉，但異國生活跟她想像的完全不同，光是每天接送兒子上下課，來回就要開上一、兩個小時的車。她覺得生活極度單調，整個人好像被困住了，現在反而很懷念台灣的生活。

有些人是因為覺得在家鄉賺錢不容易，想說到國外闖一闖，但人生有太多難以預料的事，眼前看起來很順利，卻可能成為未來的陷阱。記得我在大學的時候，有些台灣學生會利用課餘時間到中餐廳打工，因為小費收入很多，所以學生趨之若鶩，但畢業之後，如果求職不順利，為了生活很可能就一直繼續中餐廳的工作。萬一運氣不好，有些人畢業五年、十年後說不定還一直在中餐廳端盤子。

我曾經在紐約中國城的一間五金行，遇到一個台灣人，我看他指揮若定，把店打理得井井有條，還以為他是老闆，結果他告訴我當年抱著美國夢離開家鄉到紐約打拚，但這麼多年下來連一家自己的店也沒有，只能在別人的店裡打打工，讓他覺得沒有臉回台灣跟親友相見。當然也有結局美滿的移民個案，就像我在歐洲一家小餐館遇到的華人夫妻，他們當年翻山越嶺，挨餓受凍，躲過毒蟲毒蚊的攻擊，千辛萬苦才來到法國境內，還幸運地遇到熱心的同鄉，集資讓他們開餐館維生，如今他們非常珍惜當下的生活。

其實無論留下來或到國外打拚，人生的幸福往往不需遠求。我家附近有一對做資源回收的老夫妻，老先生因為眼睛不好無法騎車，但他總是把回收舊物仔細扎實地捆在腳踏車上，好讓老伴載去回收站換錢。但腳踏車能載的數量有限，所以老太太一天得來回好幾趟，才能多掙點錢。每回老太太載著滿車的資源出去，老先生就帶著小孫子坐在路邊等太太回來，老太太回程騎到巷口時，小孫子遠遠看到就會跳起來喊著阿嬤，直到當天的回收物都送完了，祖孫三人才一起回家。每每看著他們，都讓我覺得人生富足不過如此。

33

只有時間能洗去哀傷

沒有手的娃娃

假設我的內心受傷了，我很可能會裝作沒事地告訴別人一切都好，即使在看似無恙的外表下，只有自己知道裂口還在隱隱作痛……這麼一想我才明白，所有的傷痛都沒有特效藥，生命中留下的傷痕，唯有靠時間慢慢平復，如果以為看起來一切都好，就代表事情已經過去，那麼終究只是粉飾太平。

剛回台灣的時候，我偶爾會跟著幾個很喜歡古董的朋友去永康街尋寶。那天我們走進一家老家具店，在店裡閒晃時，我突然瞥見一隻腳從一個原木玻璃櫃裡伸出來。好奇的我打開櫃子的門，結果竟拖出一個沒有雙臂的髒娃娃。娃娃的身體積了一層厚厚的灰，滿頭亂髮糾結，兩眼空洞地望向前方，彷彿正在無聲吶喊，又像是處在驚嚇中，一副茫然無助的狀態。

怎麼會在這樣一個不會看到娃娃的地方看到她，抱著她的時候，我腦海中居然浮現出這個娃娃被性侵的畫面。我想到她沒有雙手，該如何保護自己？她能怎麼表達自己的情緒呢？又如何抵抗別人對她的傷害？那些畫面活生生的一幕接一幕，讓我瞠目結舌，不知所措，當下我對娃娃的經歷感同身受，竟然不由自主地顫抖起來。

「天啊！我一定要趕快把妳帶回家。」

這個義大利製的娃娃在五、六〇年代上市時應該是很名貴的，出廠時娃娃不但被設計成可以走路，頭和四肢也都可以轉動，但後來她身體裡的機械結構都已生鏽故障。我不知道娃娃怎麼來到這裡，是櫃子的主人忘了帶走，還是之後才被什麼人放進去。那個古董店老闆原本一定不曉得櫃子裡躺著一個娃娃，說不定櫃子賣掉了也沒人發現。我知道如果讓她繼續流落在外，她過去所受到的傷害永遠也無法敉平，所以我執意把她帶走，跟老闆討價還價的結果，我花了三千元把她買下，我看著她：「我要給妳一個家。」

決定帶她回家的時候，我其實沒有考慮到自己有沒有合適的空間收留她，但正是因為她的到來，我才慢慢把工作室擴大。娃娃的住所從最初只有一張小桌子，換到一個小櫃子，再變成幾個小檯子，然後擴充為一小面牆，最後才是現在的一整面牆。

這個娃娃也是我收藏二手玩具的起點，因為她，我開啟了和更多娃娃之間的因緣，懂得走入娃娃的內心世界，可以讀懂他們背後所隱藏的故事，能夠進入他們的生命，想像他們的遭遇。因此在她來到我的工作室之後，陸續又迎來了更多的娃娃。所以每次有人問我哪一個娃娃最特別，我都一定會提到她。

她也是我唯一一個親自幫她洗澡洗頭的娃娃，甚至還用潤絲和離子夾讓她糾結的頭髮變得柔亮直順，洗完澡的娃娃明顯精神了許多，不像在古董店時委靡的樣子。我能想像她曾經非常美麗，但或許經歷太多悲傷往事，到後來只好關閉所有的感官。原本以為幫她梳洗乾淨，就能恢復她應有的神采，她就可以像個正常的小孩，但我發現她所經歷的傷痛，並沒有隨著外在的復原而跟著痊癒。於是我決定不再強迫娃娃遺忘曾經有過的人生，日後所帶回來的二手娃娃，我都盡量保有他們本來的樣子。

很多人覺得這些娃娃看起來很可怕，其實一點都不會。娃娃也是有生命的，也有他們想表達的情緒，並不因為他們不是生命體就沒有感覺。就像喝茶養壺的人說茶壺有生命，不同的茶壺泡出來的茶韻截然不同，娃娃也是一樣。

如今的她和初來乍到時彷彿嚴重創傷壓力症候群的模樣已經大不相同，看起來健康許多，也是她教會我有些東西可以修復，但內在傷痕無法修理，只能交給時間。

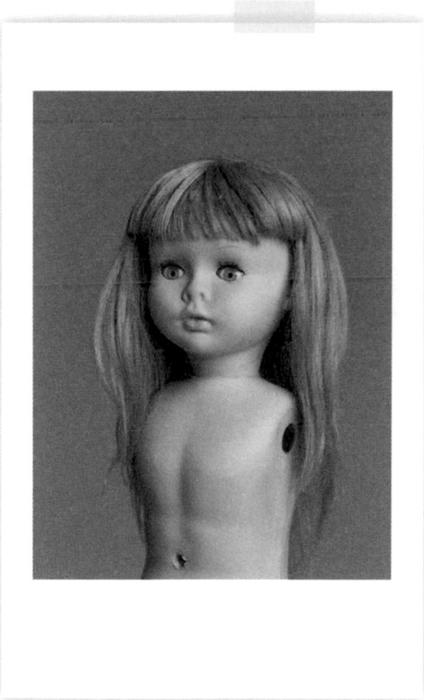

34

內心裡的殘缺

輪子狗

第一眼看到牠的時候，我就在想是什麼原因，牠會踩在輪子上呢？一般而言，要不是因為老得走不動或是肢體障礙，狗狗為什麼要加裝輪子呢？

逛過那麼多跳蚤市場，我發現一件很奇妙的事，那就是物如其人。很多娃娃會和主人有些共通點，就像這隻髒臭破舊，還裝著四個輪子的怪狗。輪子狗是我在法國巴黎一個大型跳蚤市場的外圍，跟一個醉醺醺的女人買的，當時她和輪子狗坐在一起，感覺就像一個流浪漢帶著一隻流浪狗四處為家，彷彿一起被世界拋棄，兩者看起來一樣的狼狽憔悴。

女流浪漢的牙齒幾乎掉光，可能是酗酒的緣故，她滿臉通紅，兩眼無神，神志不清地坐在路邊喃喃自語，撿起地上的菸屁股就抽，賣的淨是一些有的沒有的破爛。女酒鬼胡亂喊價，無論問她哪一樣東西多少錢，她一律伸手一揮，用手指比著「一」！

在她身旁站得又直又僵硬的輪子狗，一身的陳年污垢，滿頭滿臉都被黏膩厚長的髒毛覆蓋，五官完全無法辨識，根本連路都看不到。如果是真的狗，毛髮要長成這樣，至少也得五、六年都不去整理才有可能。

牠似乎有很嚴重的精神疾病，感覺不想讓人親近，防禦心很強，不知道什麼時候會被牠咬一口。我想輪子狗從前應該也是乾淨整齊的模樣吧，就像女流浪漢一定也曾經擁有與現在不一樣的人生，不知道牠們是怎麼走到這般艱難的處境。我看著女流浪漢和狗，心想只能把狗帶走了。

從巴黎把輪子狗帶回台灣後，因為實在太髒了，所以我將牠擺在門外。有一天我下課回家，居然發現大樓管理員老鮑主動把輪子狗洗得乾乾淨淨，還把牠身上的毛髮都梳得整整齊齊，老鮑得意地告訴我：「曲老師啊，哎喲，我看妳這隻狗放在門口這麼久，想說幫妳洗一洗，還幫牠好好梳了毛……」

我聽到都快昏倒了，當場大叫：「幹嘛要雞婆幫我的玩具洗澡啦！我就是想保留他們原來的樣子啊！」說著說著我就哭了出來，當下既生氣又懊惱，但老鮑完全不管我的沮喪和憤怒，繼續告訴我他找到輪子狗的眼睛。

「啊?!」牠的眼睛不是早就被挖掉了嗎？聽到老鮑說牠有眼睛，哭到一半的我突然愣住了，老鮑自顧自地接著說：「我把蓋在牠臉上又黏又髒的毛髮一層一層撥開，好不容易才看到牠骨碌骨碌的眼睛呢。」這下子我才破涕為笑，發現原來我並沒有好好認識牠，甚至連牠的臉都沒有看清楚。

老鮑不但找到狗狗的眼睛，還修好了原本卡住不能動的輪子，甚至仔細地上了油，他在我面前就這麼遛起輪子狗。當我看到狗狗踩著輪子前進的時候，尾巴居然搖了起來，我感覺到牠的開心，好像找回了生命的動力。原來，輪子狗期待這一刻很久了呢！

每次看到這些模樣可憐的玩偶，我都很好奇他們之前過著什麼樣的日子，有過什麼樣的際遇。當輪子狗被洗乾淨，露出雙眼之後，終於又看到牠錯過好久的世界，也才願意打開封閉的內心。

雖然老鮑讓輪子狗重見光明，又讓牠重新找回四處行走的快樂，我還是提出嚴正聲明，禁止老鮑日後再動我的娃娃。

35

塵封在二十世紀最後一天

千禧娃娃

「我從那時候就再也沒有打開來看過了。」

二〇〇八年，她帶著娃娃來找我，當她從袋子裡抽出娃娃時，娃娃還被泛黃的舊報紙包著，看起來已經很久都沒有動過，這讓我有點訝異。當她拆開報紙，才發現居然是一九九九年十二月三十一日發行的《世界日報》，我們倆都嚇了一跳。因為這張在二十世紀的最後一天發行的舊報紙，讓她的故事鮮活了起來。

常常遇到粉絲要送我娃娃，甚至有人打聽到我的住處，直接就把娃娃放在我家門口。但我實在沒有能力與空間收容那麼多娃娃，所以只有極少數特殊狀況，我才會把娃娃留在身邊。

她是一個媒體人，因為採訪的緣故，看到我收藏了非常多二手娃娃，讓她想起自己當年也有過一個別具意義的娃娃，誰知後來變了調，娃娃成了她不願回想的一切。於是她帶著這個娃娃來找我，告訴自己是時候把這個娃娃和她所代表的那些日子一起放下了。

一九九七年，她毅然中斷台灣的一切，帶著工作幾年存下來的錢去異鄉生活，她要去實現自己的美國夢。這個娃娃正是她在美國花錢買下的第一個紀念品，當時她非常得意，覺得這個娃娃如此有個性，就像這個城市一樣的不羈；而懂得欣賞她的自己，根本就是慧眼獨具的鑑賞家，有著和這座城市一樣奔放的內在靈魂。

當時剛滿三十歲的她終於獨立生活，正要展開充滿未知的全新人生，她相信能在紐約存活下來的人，無論去到哪裡都一定可以活得很好！好不容易在市郊找到一間沒有電梯的小公寓，她把娃娃放在狹小空間裡唯一的架子上，一進家門就能看得到，每回她看著娃娃，心裡都不禁想著：「這就是美國！這就是紐約！什麼都可能！什麼都有機會！只要堅定信念，就一定能成功！」

可惜她的美好想像並沒有持續太久，兩年後，她的美國夢碎。很快取得學位的她一心留在美國，畢業後積極求職，就算面試闖過了一關又一關，幾次複試都到了最後一輪，卻總是功敗垂成。她的自信也跟著一點一點磨光耗盡，為了賺取微薄的生活費，她只好不斷地打零工。幾段感情也都不順利，剛到的時候雖然有過幾次不錯的dating，但交往一陣子就會發現兩個人很難繼續走下去，幾年下來她終究還是一個人。

一九九九年十二月三十一日那一天，當大家都在期盼千禧年的到來，她整個人卻陷入愁雲慘霧，想到自己努力了這麼久，在異鄉打拚這麼多年，居然還是原地打轉，甚至連從台灣帶去的積蓄也都花光了。她不知道接下來該選擇回台灣，還是繼續留在美國，在異常寒冷的冬夜裡，她蹲在紐約的路邊一個人哭了起來。

當天晚上回家，她瞥見了這個娃娃，突然覺得娃娃根本是一個詛咒，自從買了她，就沒有遇過什麼好事，在美國所經歷的種種不順遂一一浮現，她覺得自己再也不想看到這個娃娃，當下就用報紙把娃娃包起來，從此再也沒有打開。而那張報紙正是一九九九年十二月三十一日發行的《世界日報》，在二十世紀最後一天，就這麼包覆了她的希望與心碎。

這個娃娃非常漂亮，我問她怎麼捨得送人，她說自己不願意再想起當年的記憶，掙扎很久之後，決定把娃娃交給我，彷彿這樣就能跟當年極度挫敗的自己告別。

其實我很想告訴她，人只有在年輕的時候，才能不顧一切地去追尋自己的夢想。我一直都很羨慕像她這麼有行動力，能夠全力以赴朝夢想前進的人，雖然勇敢走出去的結果並不如預期，但她痛快淋漓地發揮了年輕人才有的權利，生命因此精采，應該沒有遺憾！

我深信她的內心深處對於那段異鄉打拚的日子，一定有著一絲懷念，否則她不會千里迢迢把娃娃帶回台灣，甚至在多年後還想辦法幫娃娃找到懂得珍惜她的新主人。這個被二十世紀末日的報紙包裹住的娃娃，記錄了一個勇敢女生逐夢的過程，也見證了夢想破滅之後，不甘心的淚水。

36 最珍貴的東西

綠眼睛娃娃

那像是一個時光老人的房子，黑暗、陳舊、髒亂，一股異味瀰漫其中。她也許有囤物癖，家中雜物堆積如山。我傻傻站在一旁，當她好不容易從那些亂七八糟的東西中翻出一個娃娃交給我時，我嚇了一跳：「哇！這是什麼？」她說：「我這裡最珍貴的東西，這不是垃圾，這是我小時候的喔，我要把這個送給妳。」

紐約市分成好幾個區塊，如果你搭地鐵從華爾街上車，一開始會看到西裝筆挺的乘客，到了中國城開始有很多華人上車，他們手上提著市場買來的菜或肉，一路嘰嘰喳喳講個不停。接著進入SOHO區，這裡是紐約大學所在地，上車的多是學生。進入三十幾街，上車的會是一些購物人潮，再往下走到四十幾街，因為接近中央車站，不同膚色、身分、行業等形形色色的人匯聚在此。五十幾街多是高階商務人士，六十幾街沿著中央公園居住的通常是最富有的人。

七十幾街常有雅痞出現，很多三十多歲賺了錢的新貴則會住到八十幾街，那裡是新興崛起的富人階級喜歡入住的地方。一旦走到九十六街，大家都說那是最後一個可以看到白人的地方，之後就進入哈林區。

十多年前我有個朋友住在一百多街，一開始我總覺得自己是冒著生命危險來見他。街上總有人在叫囂，青少年在打群架，不時會有人來兜售毒品，即使是深夜也不得安寧。朋友在那裡住了很多年，跟附近鄰居都處得不錯，久了之後大家也都認識我，看到我都會親切地打招呼。

有個八十多歲的白人老太太總是搬張凳子坐在街角一隅，冬天的時候還會全副武裝地帶著毛毯鎮守在她的位置。她總是靜靜看著路上人來人往，日子一久大家都有默契，不用等她開口，街坊鄰居偶爾就會往她手上的紙杯丟一點零錢或是給她一些食物。因為當地少有東方臉孔出現，所以她也很好奇我是哪裡來的，我跟她聊過幾次，可能聽我說過喜歡收集舊玩具，有一天，她突然叫住我，說有個東西要給我。

跟著她轉進巷裡進到她家時，老太太用她的粗糙雙手從一大堆雜物中翻到這個娃娃，慎重其事地把她交到我手上。我看著娃娃，再轉頭看看老太太：「哇，她跟妳長得好像喔！」娃娃有著少見的綠眼珠、細緻的眉毛和倔強的嘴唇，頭巾和洋裝是同一個花色（我想起老太太在大冬天時用毛毯裹住頭，再用另一塊厚毯子蓋住雙腳的模樣），穿著打扮像是要出門遠行。寒風凜冽的冬天，老太太的臉被凍紅，像是歷經人生的風霜，但皺紋滿布的臉龐裡透出的綠色眼睛，卻有著難以言喻的光亮。老太太笑著問我：「妳喜不喜歡？」我說：「當然喜歡！」她叮嚀我一定要好好照顧這個娃娃。

隔了好一陣子再去訪友時，發現街角空空蕩蕩，鄰居說她病了，已經很久沒見到她，再過沒多久就聽說老太太已經過世。我忽然意識到她在離開這個世界前，把她「最珍貴的東西」託付給了我。

記得老太太把這個娃娃交給我的時候，眼神中有一種天真，雖然只是短短幾秒鐘，但她不經意流露的內心純真，讓我覺得非常可貴。我相信她絕不是天生就在乞討，擁有這個娃娃的她一定來自幸福的人家，有著充滿美好回憶的童年。

雖然老太太的處境對大多數人而言很貧困，但她卻把一生最快樂的記憶送給了我，讓我們兩人的生命產生了奇妙的連結。我和她只是點頭之交，甚至連朋友都算不上，她將珍藏多年的心愛物品，送給我這樣一個素昧平生的外人，光是回憶清貧孤單的老太太，在黑暗又混亂的家中翻箱倒櫃，把娃娃找出來交給我的畫面，就覺得我們彼此的生命一定有很深刻的因緣。

這個緣眼睛娃娃，就像是跟著她住在垃圾堆的公主，她擔心公主日後被當成垃圾拋棄，所以在離開世界之前，把公主送回真正屬於自己的地方。很欣慰老太太託付給我，讓娃娃得以安歇，老太太得以安息。

37

遺失帶來的愛

不見了的科米蛙

沒想到展覽開始才沒幾天，科米蛙就被偷了。身為策展人和參展藝術家的我當時真是氣瘋了，因為還找了別的藝術家一起參與，展前我便再三交代工作人員，無論如何一定要顧好所有展品，沒想到會發生這樣的事。我的玩具收藏曾經到歐洲、亞洲等地巡迴展覽，從來沒有遺失過，萬萬沒有想到竟然會在自己的家鄉搞丟。

當初我是在跳蚤市場遇見科米蛙的，當場就決定買下。老闆還稱讚我非常識貨，說有人為了牠，連續一整年天天都來問，結果都沒等到，這隻早上才剛到貨，立刻就被我買走。記得我才付完錢，馬上就有人來問老闆有沒有科米蛙，果然是熱門的搶手貨。

怎麼也想不到科米蛙居然會在展覽時被人偷走。

發現遺失的時候，我還抱著一絲希望，覺得小偷一定會再回到現場，所以趕在黃金七十二小時內貼出公告：「曲老師的青蛙走失了，牠一定很慌張，如果你找到牠的話，請把牠送回來。」展覽期長達一個月，但科米蛙終究沒有回來。

那段期間，我都處在憤恨惱怒的情緒中，沒想到展覽結束沒多久，當時協助展覽的工作人員，居然私下上網標了一隻科米蛙送給我，她一定是在確認遺失的第一時間就上網尋找。雖然我說東西掉了不是她的錯，但她堅持一定要送給我。記得發現展品遺失時，我在電話裡對她咆哮，現在想想，我實在反應過度，一定嚇壞她了，真的很抱歉。

接著我又收到一個陌生女孩從佛羅里達州的迪士尼寄來的科米蛙，希望我放寬心，不要再難過。陸續還收到粉絲親手畫的一隻仰著頭、張大嘴、彈著吉他的科米蛙畫作，插畫家爽爽貓從洛杉磯帶回的科米蛙，還有朋友從日本買來的萬聖節限定版。每個人都極盡所能地憑著「失蹤啟示」上的線索，找到一模一樣的科米蛙，結果都不是原來那一隻。

最離譜的是一個當時對我有好感的人快遞給我的。我們之間的不合適，從他寄來的笨重科米蛙就看出端倪。他挑選的這隻和我掉的那隻一點都不像，我和他之間的差異透過科米蛙看得清清楚楚，他果然不是我的菜，但青蛙我還是收下了。

另一個我曾經短暫交往過的對象，有一天我在社群網站上看到他的大頭貼換成一張跟科米蛙的合照，照片裡的青蛙無論尺寸、材質和姿態，跟我走丟的幾乎一模一樣，當下我深受感動，一切盡在不言中。我相信他一定花了很多心思才找到這麼相似的科米蛙，但他沒有直接寄給我，而是用他的方式讓我知道，他有把我的傷心放在心上，知道我經歷了什麼。因為這件事，讓我找回當初和他交往的美好感覺。

本來我因為遺失科米蛙而氣憤不已，甚至對人性感到失望，但也因為遺失科米蛙，我才發現自己獲得好多人的愛。粉絲們一直關心科米蛙回來了沒，甚至連素未謀面的人都比我還要更在意。大家用力集氣祈禱，希望能找得回來。

剛遺失的時候我不斷想著究竟是什麼人拿走了，或許是一對來看展的情侶，女生非常中意科米蛙，男生為了討女友歡心，就誇下海口說他可以弄到手。愈想我就愈憤怒，但事後轉念，我反而覺得拿走青蛙的人肯定很識貨，一定會好好對待牠。雖然我掉了心愛的東西，但竟有這麼多人為我花時間、花心思。

在一次臉書直播中，我送出兩隻科米蛙，把大家對我的愛再傳遞出去，原本的失望和遺憾已經不存在。

（只希望走丟的科米蛙有機會還是回來看看我。）

（呱呱。）

（祝拿走的人　下。輩。子。變。青。蛙。）

38

我要我們在一起

穿越時空的娃娃

他是同志這件事，爸爸完全不能接受。當他決定和攜手多年的男友在美國結婚時，他爸簡直氣瘋了，要他絕對不能讓親戚朋友知道。雖然如此，媽媽還是從台灣飛去參加兒子的婚禮。結婚前一天晚上，媽媽進到他的房間，突然塞了一個紅包給他，她說：「這是你爸要我交給你的，是他從小幫你存的結婚基金。」當下，他拿著那個紅包，和媽媽兩個人抱在一起哭了好久。

二〇〇〇年左右，忘了是北京還是上海，有人告訴我有一條街專門在賣古物舊貨，因此我不遠千里特地跑去。正在路上閒逛時，有個大嬸問我在找什麼，我告訴她我想要看看有沒有小時候玩的舊娃娃，大嬸讓我等一等，就跑回家去搜東西，順便跟街坊鄰居吆喝一下，隔沒多久，只見胡同四面八方出現一堆大媽，有人拿出畫像，也有人拿著歷史悠久的古玩，大家都想用舊東西換些錢。

其中一個大嬸，拿了兩個娃娃到我面前。一個是可愛的女娃娃，髮型正是一九七〇年代前後很多女生會綁的兩條小辮子，身穿藏青色制服，大嬸說原本娃娃腳上穿著小紅鞋，手上還有一本小紅書，可惜都已經遺失了。記得有一回我跟日本藝術家奈良美智在同一個地方參展，當時我把工作室整牆的娃娃帶到會場，我在布展時，奈良先生在一旁休息，逛著逛著就來到我的展區，說他很喜歡我的作品，還說我的收藏都好特別，然後便指著這個女娃娃對著我說：「這麼多娃娃中，這個最像妳。」我聽了很高興，因為我一直都非常喜歡這個娃娃。

當時大嬸手上的另一個娃娃是個男生，長得特別矮又沒有什麼特色，我一點都不喜歡，本想說只要買女娃娃就好了，可是大嬸不同意，不斷強調兩個娃娃一定要在一起，如果我只要買一個，那她就不賣了。講了半天拗不過大嬸，我只好心不甘情不願地把兩個娃娃一起買下。

我的學生不時會來我的工作室玩，不是幫娃娃梳頭髮，就是換衣服。有一回，一個學生把這個矮小男娃娃的西裝脫下來，居然發現男娃娃有女性乳房，還有非常纖細的腰身，看著他的身體曲線，我才驚覺他是女生，只是做了中性打扮，穿得像個男人。這個平凡無奇的男娃娃，應該是個性十足的T。這時我才明白為什麼當年賣我娃娃的大嬸再三強調這兩個娃娃一定要在一起，她們應該是一對女同志情侶。我突然覺得很感動，慶幸當時把她們一起買下，沒有變成拆散鴛鴦的惡人。

這一對同志伴侶娃娃，用愛的力量穿越時間與空間的障礙，不管社會如何動盪，世局如何紛亂，人和人之間的情感還是不斷在發生。看著相守相依的女娃娃，讓人覺得愛情真偉大，但很多時候，同志的愛情卻必須面對親情的挑戰。

前面提到的那個男同志，去美國念書之後才出櫃，也在當地找到願意廝守終身的伴侶，但父親始終拒絕承認自己的孩子是同性戀，也不願意出席孩子的婚禮。雖然如此，父親還是愛著孩子，所以才會讓媽媽把自己留給兒子的結婚基金帶去美國。

這個同志朋友婚後很幸福，三不五時會寄錢回台灣孝敬二老，雖然嘴上不說，但父親後來慢慢讓步，原本要兒子再也別回台灣了，但後來兒子偶爾帶著另一半回來探親時。只要不說破對方是自己的伴侶，爸爸也願意裝傻，當作是兒子的朋友，全家人同桌吃飯。兒子也尊重父親的意願，一直沒讓親友知道自己是同性戀，所以算是喜劇收場。

我的一個朋友，從小到大一路是名校畢業的高材生，到耶魯讀研究所的第一年，還交了一個日本男朋友。沒想到後來受不了決定出櫃，才知道原來她一直試圖壓抑自己的性向。她說當初出國留學的費用，還是爸媽跟親戚朋友借的錢，所以她一直非常努力。爸媽因為擔心她的同志身分難以在社會立足，因此非常反對，幸好她很爭氣，畢業後賺了很多錢，成為全家的經濟支柱，不但奉養父母，還照顧弟弟妹妹，這才慢慢消弭父母對女兒是同志難以在社會生存的憂心。

很多同志苦於不知如何向父母出櫃，有些人出櫃後得不到父母的支持，讓他們非常挫敗，甚至感到極度悲傷。其實站在父母的角度想想，小孩養了這麼多年，身為爸媽卻不知道孩子的性向，對很多父母來說的確很難接受，需要一些時間才能消化。

我還記得自己當年不顧我爸的反對，堅持要去美國探望男友，掀起一場家庭革命，即使我爸都氣得說出要和我斷絕父女關係了，嚇得跪在地上的我還是堅持為愛走天涯。現在回頭再看，當時那麼堅定的愛情，最後還不是分手了，在愛情濃烈的當下，如果得不到認同，有時候我們需要的，就是把時間放得長遠一點，真實的愛情禁得起時間的歷練，就像這對女娃娃，即使過了這麼久，依然一起來到我的身邊。

39

微小的希望

五顏六色的動物布偶

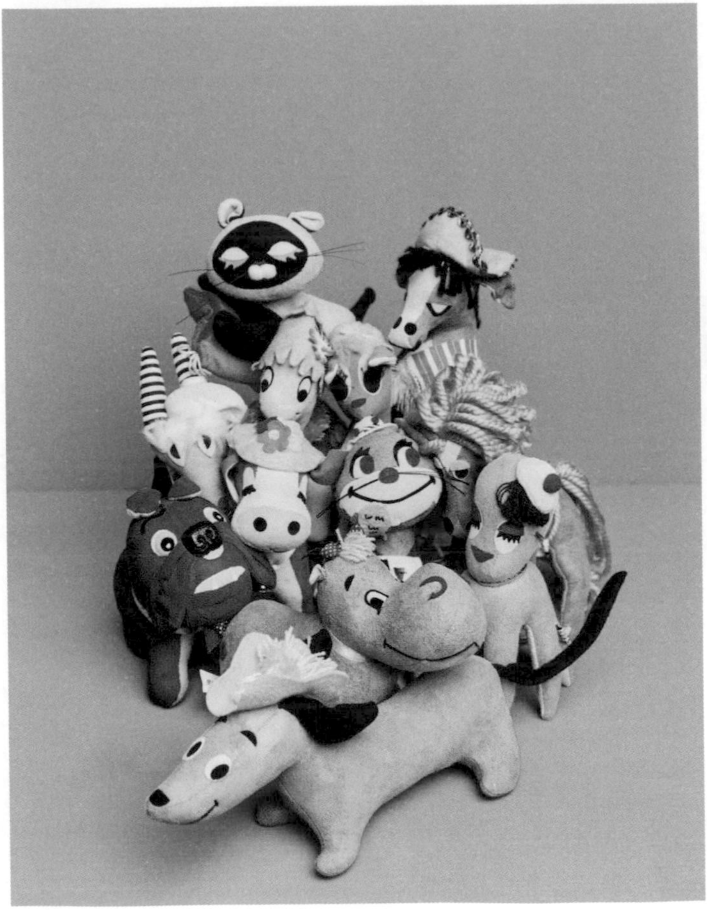

那年夏天，我在距離紐約快兩小時車程的海邊租了一間週末度假小屋。狹窄的房子像個小玩具屋，沙發是黃色的，窗簾是粉紅色的，地毯是綠色的。裡頭唯一的裝飾，是牆上一整套極度鮮豔的動物布偶，旁邊還圍了一圈五顏六色的小燈泡。彷彿來到童話世界，充滿不可思議的衝突與溫暖，我不禁好奇是什麼樣的人住在這個房子裡。

屋主是一位德裔美籍的單親媽媽，說得一口濃厚德國腔英文，開著十足硬漢氣息、那種前座載人、後方載貨的卡車，這個一身嬉皮裝扮的女生，頭髮剪得相當俐落，身材魁梧，身穿牛仔褲，繫著粗皮帶，一身勁裝，非常帥氣，總是把女兒帶在身邊。

女兒已經十三歲了，看起來跟一般同年齡的小女孩沒什麼兩樣。活蹦亂跳，也常跟媽媽頂嘴撒嬌，母女倆相處起來就像朋友。唯一不同的是，女兒一天要照三餐注射胰島素，她練就了一身幫自己打針的工夫，每次媽媽說差不多該打針了，女兒就自然地拿出針筒自行注射。

她知道我很喜歡他們客廳牆上的那組布偶，所以後來特地送了我一套。我查過這些動物布偶的來歷，好像是一家速食店某一年推出的玩偶。我們相談甚歡，她說年輕時不懂事，過一天是一天，談了很多戀愛，但一直沒有安定下來，等到四十歲左右，她決定要有自己的baby，懷孕後，她沒讓孩子的爹知道，打算獨自把她生下來。

誰知道女兒一出生就被診斷出罹患先天性糖尿病，這讓她的人生計畫一夕之間全變了樣，怎麼也沒想到原本的希望瞬間變成絕望。剛出生那幾年她經常跑醫院，又在紐約下城開了一間小酒吧，簡直是蠟燭兩頭燒，幸好隨著女兒日漸長大，生意有了起色，生活才漸漸穩定。

我找時間去了她的小酒吧，看著她幫客人調酒，跟熟客聊天，她還邀請我去家裡作客。她家那棟樓以前是舊廠房，工廠陸續停工後變成空屋，一群人偷偷跑進這些沒有冷氣也沒有暖氣的建築裡，就這麼賴在裡面住到現在，隨時都可能被趕走。

她也像我一樣，有一大堆收藏。她的家甚至比我的工作室還要誇張，不但掛滿了整牆的東西，還有好多好玩奇特的雕塑藝術品。其中讓我印象最深刻的是她家裡所有隔間居然都是透明的，連廁所也不例外。原來女兒必須時時在她的視線範圍內，以防突然昏倒沒人知道，所以她把家裡的空間運用都設計成一目了然。甚至還在房間裡架了一個很大的繩索鞦韆，讓女兒可以在半空中吊來吊去，像是空中飛人，加上屋內的配色鮮豔，整個家根本是女兒的二十四小時遊樂園。媽媽用盡全力，為女兒布置一個安全而歡樂的世界。

回到台灣這麼多年，每當我要作重要的決定時，我總忍不住想起那個單親媽媽。她原本以為生個小孩人生可以進階，卻沒想到女兒的先天性疾病，讓她踏上更辛苦的道路。無論是狹小又陽春的度假小屋、隨時可能被收回的房子，或是生意清淡的酒吧，都有一種在邊緣中奮力掙扎的氣味，是她使盡力氣要讓女兒健康快樂長大的證明，我對她深感佩服。決定本身並沒有對錯，但至少我們可以做的是為每一個決定負責。雖然很不容易，但就像度假小屋牆上一隻隻色彩繽紛的動物布偶，被光線微弱的燈泡包圍著，即使亮度很低，卻依然散發溫暖，傳達出希望。

40 穿透人心的恐懼

格子裙娃娃

在倫敦機場安檢的時候，她明明已經通過X光機，但海關還是拿著探測器對著她的身體來來回回掃描好多次，似乎覺得裡頭一定藏了什麼見不得人的東西，不然為什麼不直接託運，還要被我當成隨身行李上機。

因為材質的關係，她極度脆弱易碎，為了確保平安抵達，我沒有裝行李箱check in，而是一路小心翼翼，親自抱著從希斯洛飛回台北。這個一頭濃密黑髮，戴著白色花邊棉頭巾，身穿紅藍相間格子裙，袖口和裙襬都滾上別致的蕾絲，套著半統襪和粉紅色小皮鞋的娃娃，是我在倫敦一個專賣古董的跳蚤市場遇見的。

舊貨攤的老闆是一個中年男子，攤位上販售著各種時鐘、手表、家具、地球儀等舊物，凌亂無序地散放各處，每個價位都不低。一旁這個破舊到連手指頭都斷掉的娃娃，卻吸引了我的注意。娃娃雖然有點髒，但穿著非常整齊，就這麼孤伶伶地靠在皮椅上。我問老闆娃娃怎麼賣，沒想到他說這是他媽媽小時候的玩具，是他們珍貴的非賣品。為此我跟老闆溝通了好久，告訴他我一定會好好照顧這個娃娃，請他想辦法說服，後來才勉為其難地同意讓我把娃娃帶走。

我抱著娃娃回到當時投宿的小旅館，她驚恐的神情帶著強大的渲染力，讓人不禁也跟著睜大眼睛，隔天來清潔房間的阿姨還被她嚇了一跳。我相信娃娃最初被製造的時候，絕對不會這麼可怕驚嚇，發生了什麼事情，才變成現在這個樣子。但她到底經歷了什麼？看到了什麼？永遠也不得而知了。

雖然如此，我卻一直感覺娃娃臉上異常驚恐的眼神，一雙眼睛悲傷得哭不出眼淚，像是凝結在人生某個生離死別的瞬間。她一定看到了讓她無法想像、一生都難以抹滅的恐怖畫面，才出現這麼駭人的表情，而且一直沒能從那樣的狀態中復原。

這個娃娃曾經經歷戰爭，從她手指頭被炸過的傷口，到每次望著她腦中就響起轟炸機震耳欲聾的爆炸聲，再回溯賣我娃娃的中年男子所言，這是他媽媽兒時的玩具，我覺得娃娃非常可能是戰火下的倖存者。也許目睹過許多人在戰爭中家破人亡，也許親眼見證戰爭毫無人性的殺戮兇殘，又或者至親家人就在她的眼前被流彈擊中倒下，睜著不甘心不瞑目的雙眼，來不及好好道別，就永遠失去彼此……

過去的陰影還一直在她心裡，娃娃看起來極度缺乏安全感，不知道明天是什麼，也沒有任何夢想，只想著要活下來。

雖然有點破舊，但從穿著打扮看得出她出身不俗，決定帶她回台灣的時候，我在心裡對她說：「妳不要難過，我要帶妳回家了，以後就跟我一起生活，我的工作室裡有很多跟妳一樣特別的小孩，妳可以跟大家分享妳的故事，就算不想多說也沒關係，可以在這裡慢慢療傷，或許可以找回家的感覺。」

希望能給她一個安身歇腳的地方，讓她能從逃亡的狀態中抽離。

距今已經過了十多年，如今再看著她，我已經覺得她沒那麼害怕了，我想是因為工作室裡有很多和她一樣的夥伴。她有了陪伴，同時也安慰了別人。我不知道她的恐懼是不是真的消散了，但至少在這個安放恐懼的地方，它會隨著時間轉化成另一種安定的力量。

某個凌晨時分，當我要離開工作室前，我的眼神掃過住在這裡的娃娃們，心裡總浮現一股心疼。他們帶著各自的故事來到這裡，但我總想像，關上燈之後，他們的故事才要開始……

【完成於二〇一七年冬天】

2010酷熱的八月洛杉磯。
意外地踏進一間二手店 才理解錯過的美好
或許有人比我更值得

Billy ♥ Carlos

戀曲1999夏天、我們的愛最大

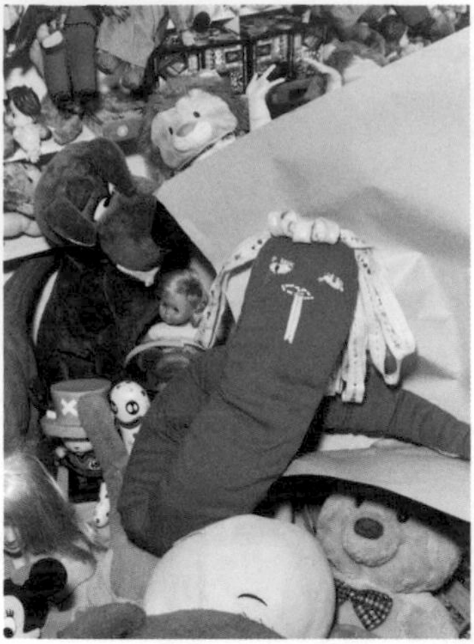

2003冬

我們在巴黎遇見泰迪熊，

倆　期待有一天　願意擁抱這世界

是的，我們都年輕也都荒唐，在信這
心疼妳[redacted]但這就是無悔的青春

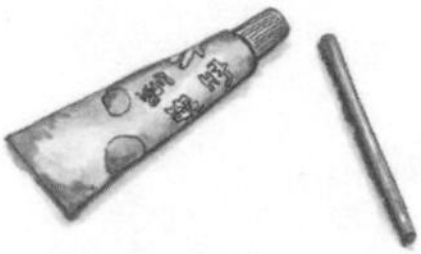

跟朋友一起，我們吹了好多個氣球。／陳奕蓁

每天晚上睡覺時一定要抱著他們才能入眠。／李宥萱

很喜歡那個帽子的感覺，可以捲邊捲上去，是媽媽教會我怎麼用毛線編織。／bearbearly

謝謝你願意聽我說話，替我保守了許多秘密！／謝勝鈞

這個袋鼠玩偶從小是我的最愛！／楊承澤

陪伴長大的焦糖兔子。／陳婷妤

你說你暫時無法陪我，於是把它交給我，讓我在想你時能抱著它。／林汗堉

他靜靜地躺在紙箱中，第一眼我便愛上了他。／李佳穎

我將它帶來大學宿舍裡，在檯燈旁替朋友關照我的生活。／梁迪雅

我沒有陪她很久，但是她把所有都給了我。 / krystal

小時候朋友送的手偶，長得很像以前養的兔子。 / 黃雅嫻

按長頸鹿的底部，他會軟腳，非常可愛又好笑。 / 吳僑紘

看似不尋常，但那就是你的善良。 / 楊鈺暉

不要因為成長而忘掉初衷，做人還是快樂一點。 / 朱子蕙

現在他是家裡所有布偶們的保母，當個奶爸照顧著大家。 / 吳沛靚

儘管魔法棒在我長大的過程中被淡忘， 但我仍然記得能讓生活處處充滿開心的魔法。 / Tanyon Lee

爸爸送的皮卡丘玩偶其實是盜版ピカチュウ（Pikachu）。 / 許珈禎

看到它，總想到小時候為了玩具吃兒童餐的珍貴時光。 /彭少宣

彈珠散落一地的畫面依然記憶猶新

It's A … Blast!

小蓮

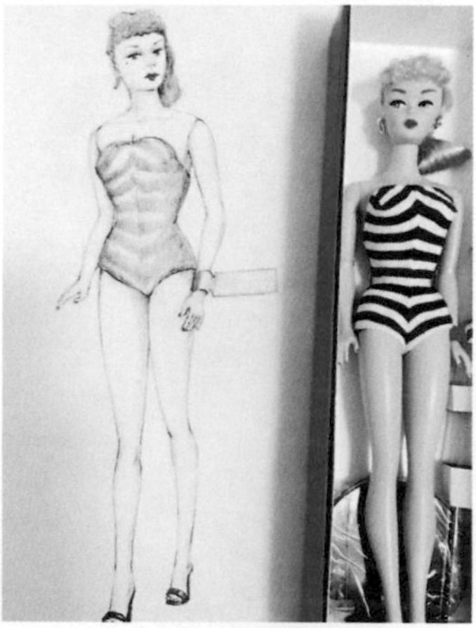

〈阿蒙〉
沒有絕對的好人或壞人，
就像世上也有善良的怪獸。
林佳緯

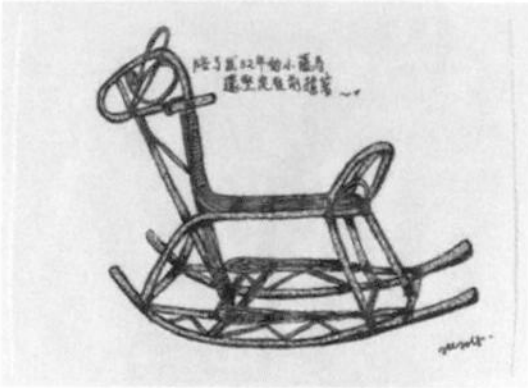

MONOPOLY

彈珠散落一地的畫面依然記憶猶新。／吳綠

小蓮：七歲時外婆和媽媽親手做的。／江晨瑋

這次覺得主題很好玩，所以用了幾個小時試試畫了我的童年玩伴。／邱詠瑜

這幅畫，應該說是張草圖，記於三年前的一個聖誕節。／K.

一直壓抑自己的愛好，直到十八歲才買的我人生的第一隻芭比。／小明

每逢閑日，又能湊夠三五知己玩大富翁的日子很難得。／甘善淇

它對我的意義就像是一條時間軸，記下了與父母相聚分別的每一個階段。／任珈陞

可以說是被他嚇到大的，卻還是愛不釋手。／邱普音

阿蒙：沒有絕對的好人或壞人，就像世上也有善良的怪獸。／林佳緯

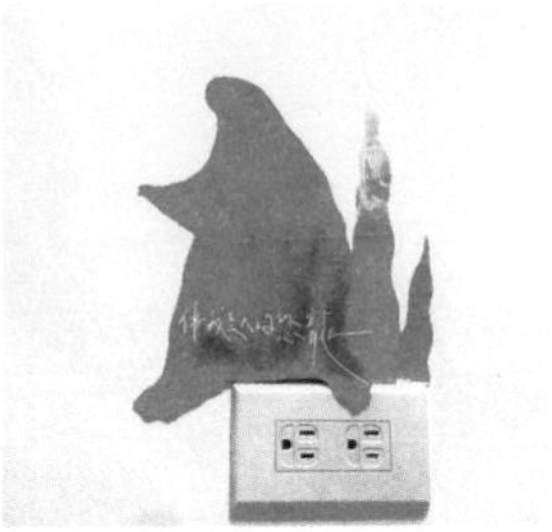

謝謝你還在這裡，謝謝你我從未忘記。 / Zon

我會拿在手上飛來飛去，可能幻想和他在太空漫遊（?） / 黃星淳

他總是跟著我到處跑，面帶微笑，卡在背包上的時候也是。 / JONAH

那天真的笑容，或許已被埋藏在心底裡。 / 葉良賢

望著它大大的鼻子，很可愛，但又有種說不出的哀傷。 / ×〇△□

希望將來能賺很多錢自己出國買很多兔子。 / 潘妍郡

不同心情，不同 pose。 / Danny

最讓我印象深刻的地方並不是玩的過程，而是爸爸拿打火機幫我烤門片的畫面。 /余佳芸

在我眼裡，恐龍是我回憶裡一個很美好的曾經。 / 林丸

國家圖書館出版品預行編目資料

於是，我們交換了青春 / 曲家瑞 著 . -- 初版 . -- 臺北市 : 皇冠 , 2018. 04
面 ; 公分 . --（皇冠叢書 ; 第 4688 種）(曲家瑞作品集 ; 1)
ISBN 978-957-33-3369-2(平裝)

855 107003696

皇冠叢書第 4688 種
曲家瑞作品集 1

於是，我們交換了青春

作　　者—曲家瑞
發 行 人—平雲
出版發行—皇冠文化出版有限公司
臺北市敦化北路 120 巷 50 號
電話◎ 02-27168888
郵撥帳號◎ 15261516 號
皇冠出版社（香港）有限公司
香港上環文咸東街 50 號寶恒商業中心
23 樓 2301-3 室
電話◎ 2529-1778　傳真◎ 2527-0904
總 編 輯—龔橞甄
責任主編—許婷婷
責任編輯—蔡承歡
美術設計—郭一樵
設計執行—鄭婕婕
文字整理—廖慧君
著作完成日期— 2018 年 1 月
初版一刷日期— 2018 年 4 月

法律顧問—王惠光律師

讀者服務傳真專線◎ 02-27150507
電腦編號◎ 568001
ISBN ◎ 978-957-33-3369-2
Printed in Taiwan
本書定價◎新臺幣 379 元 / 港幣 95 元